マジック・ツリーハウス

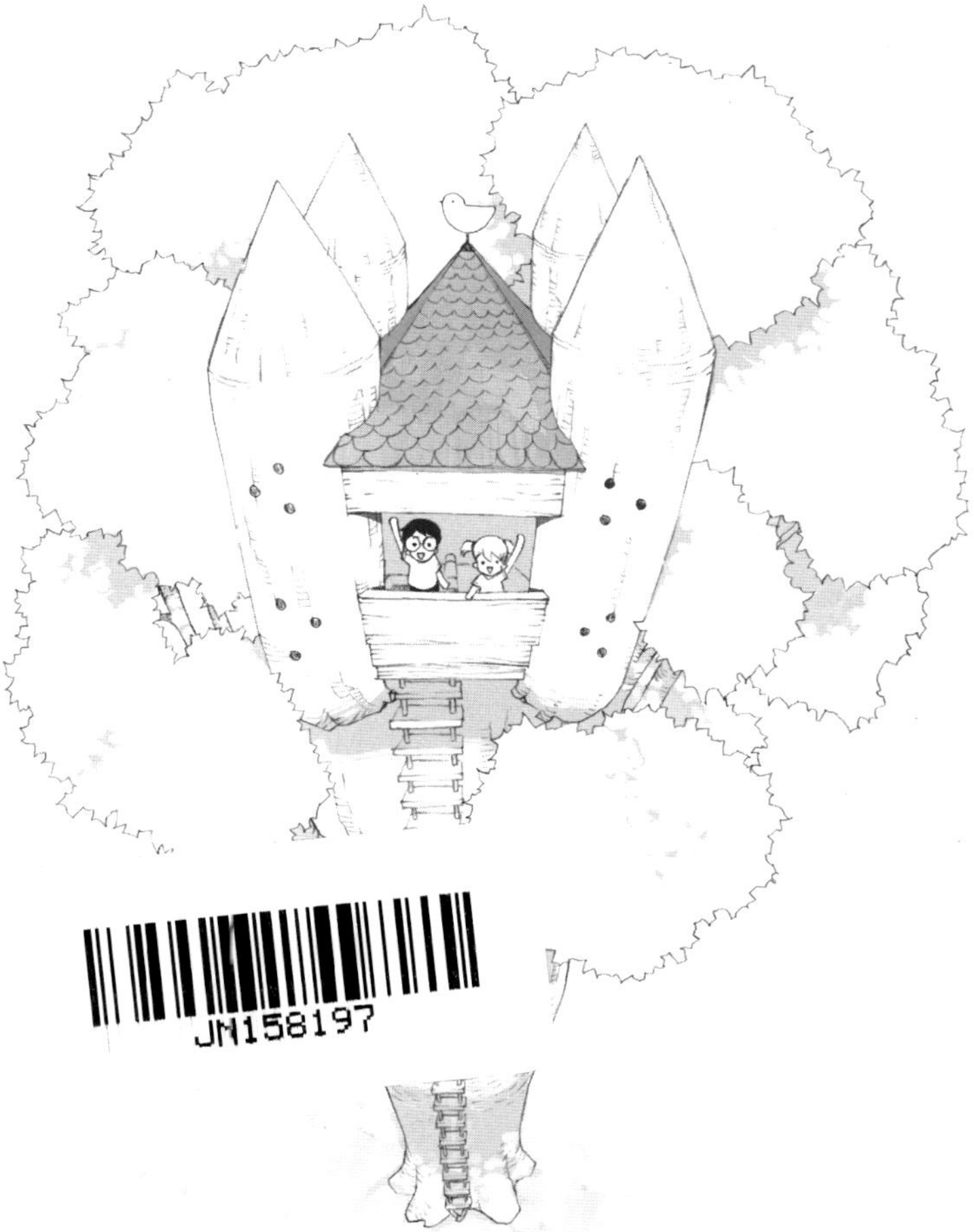

マジックは「魔法《まほう》」。ツリーハウスは「木《き》の上《うえ》の小屋《こや》」。
この物語《ものがたり》は、アメリカ・ペンシルベニア州《しゅう》に住《す》むジャックとアニーが、
魔法《まほう》のツリーハウスで、ふしぎな冒険《ぼうけん》をするお話《はなし》です。

背《せ》番《ばん》号《ごう》42のヒーロー

マジック・ツリーハウス 43

マジック・ツリーハウス43　もくじ

背番号42のヒーロー

せばんごう42のヒーロー

おもな登場人物《とうじょうじんぶつ》

ジャック

アメリカ・ペンシルベニア州《しゅう》に住《す》む12歳《さい》の男《おとこ》の子《こ》。本《ほん》を読《よ》むのが大好《だいす》きで、見《み》たことや調《しら》べたことを、すぐにノートに書《か》くくせがある。

アニー

ジャックの妹《いもうと》。空想《くうそう》や冒険《ぼうけん》が大好《だいす》きで、いつも元気《げんき》な11歳《さい》の女《おんな》の子《こ》。どんな動物《どうぶつ》ともすぐ仲《なか》よしになり、勝手《かって》に名《な》まえをつけてしまう。

モーガン・ルー・フェイ

ブリテンの王《おう》・アーサーの姉《あね》。魔法《まほう》をあやつり、世界《せかい》じゅうのすぐれた本《ほん》を集《あつ》めるために、マジック・ツリーハウスで旅《たび》をしている。

マーリン

偉大《いだい》な予言者《よげんしゃ》にして、世界最高《せかいさいこう》の魔法使《まほうつか》い。アーサー王《おう》が国《くに》をおさめるのを手助《てだす》けしている。とんがり帽子《ぼうし》がトレードマーク。

テディ

モーガンの図書館《としょかん》で助手《じょしゅ》をしながら、魔法《まほう》を学《まな》ぶ少年《しょうねん》。かつて、変身《へんしん》に失敗《しっぱい》して子犬《こいぬ》になってしまい、ジャックとアニーに助《たす》けられた。

キャスリーン

陸上《りくじょう》にいるときは人間《にんげん》、海《うみ》にはいるとアザラシに変身《へんしん》する妖精《ようせい》セルキーの少女《しょうじょ》。聖剣《せいけん》エクスカリバー発見《はっけん》のときに大《だい》かつやくした。

これまでのお話《はなし》

ジャックとアニーは、ペンシルベニア州《しゅう》フロッグクリークに住《す》む、仲《なか》よし兄妹《きょうだい》。ふたりは、ある日《ひ》、森《もり》のカシの木《き》のてっぺんに、小《ちい》さな木《き》の小屋《こや》があるのを見《み》つけた。中《なか》にあった恐竜《きょうりゅう》の本《ほん》を見《み》ていると、突然《とつぜん》小屋《こや》がぐるぐるとまわりだし、本物《ほんもの》の恐竜《きょうりゅう》の時代《じだい》へと、まよいこんでしまった。この小屋《こや》は、時空《じくう》をこえて、知《し》らない世界《せかい》へ行《い》くことができる、**マジック・ツリーハウス**（魔法《まほう》の木《き》の上《うえ》の小屋《こや》）だったのだ。

ジャックたちは、ツリーハウスで、さまざまな時代《じだい》のいろいろな場所《ばしょ》へ、冒険《ぼうけん》に出《で》かけた。やがてふたりは、魔法使《まほうつか》いのモーガンや、モーガンの友人《ゆうじん》マーリンから、特別《とくべつ》な任務《にんむ》をあたえられるようになった。そして、魔法《まほう》と伝説《でんせつ》の世界《せかい》の友《とも》だち、テディとキャスリーンに助《たす》けられながら、自分《じぶん》たちで魔法《まほう》を使《つか》うことも学《まな》んだのだった——。

ニューヨーク市

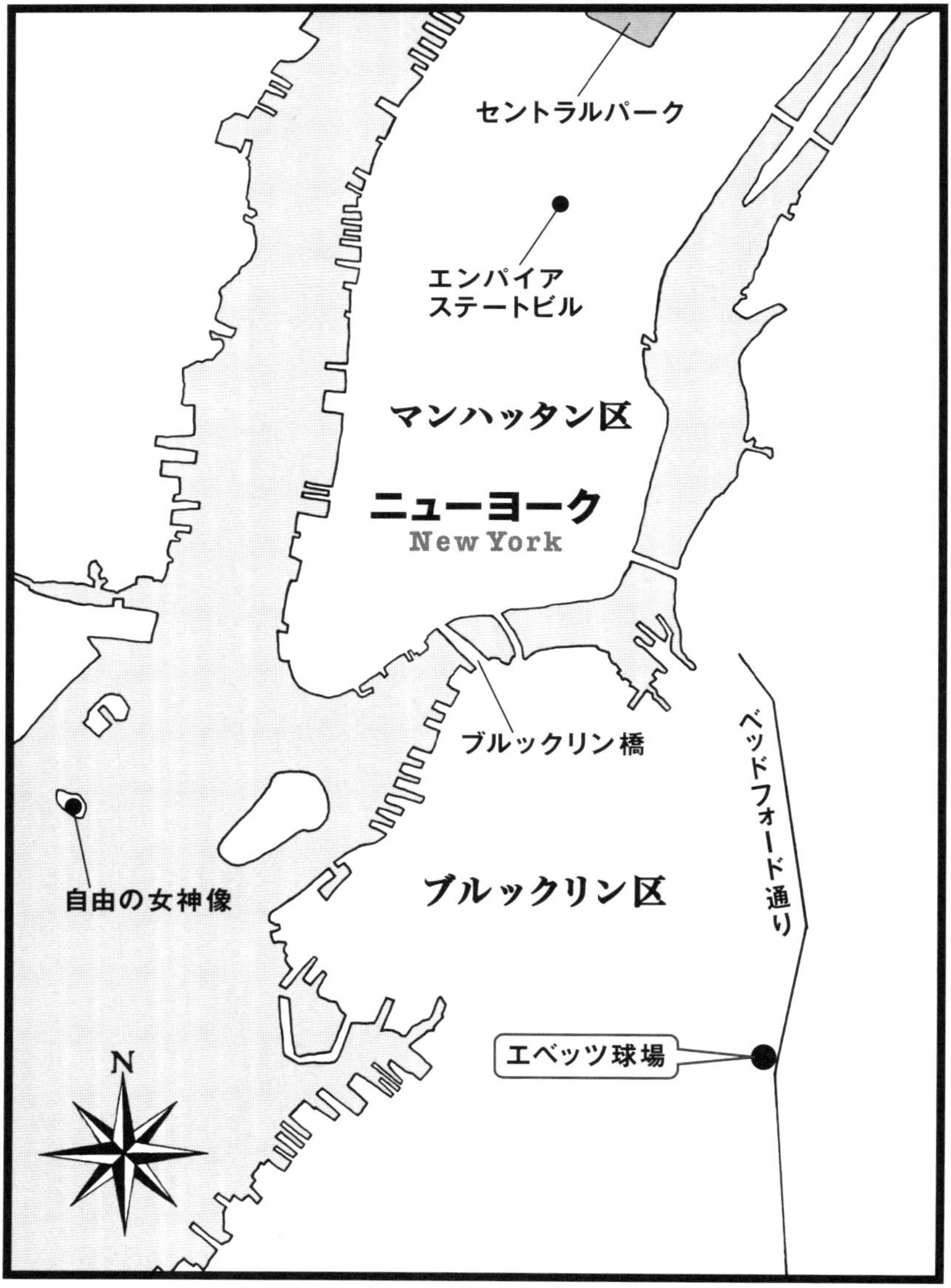
セントラルパーク
エンパイア
ステートビル
マンハッタン区
ニューヨーク
New York
ブルックリン橋
自由の女神像
ブルックリン区
ベッドフォード通り
エベッツ球場
N

［第43巻］

背番号42のヒーロー

せばんごう42のヒーロー

空《そら》から落《お》ちてきたボール

四月《がつ》のある土曜日《どようび》の朝《あさ》はやく、ジャックは、玄関《げんかん》ポーチの階段《かいだん》にすわっていた。ほおづえをついて、どんよりくもった空《そら》を見上《みあ》げている。

今日《きょう》、ジャックとアニーは、町《まち》の少年野球《しょうねんやきゅう》チーム〈リトル・フロッグクリーク〉の入団《にゅうだん》テストを受《う》けに行《い》くことになっていた。

玄関《げんかん》のドアが開《あ》いて、アニーが顔《かお》を出《だ》した。

「お兄《にい》ちゃん。ママが、市民球場《しみんきゅうじょう》まで、車《くるま》で送《おく》ってくれるって」

ジャックは、空《そら》を見上《みあ》げたまま、ぽつりと言《い》った。

「ぼく……今日《きょう》は、行《い》かないことにした」

「えっ」

アニーが外《そと》に出《で》てきて、ジャックのとなりに腰《こし》をおろした。

「どうして？」

「去年《きょねん》のテストのことを思《おも》いだしてさ。ぼく、バッターボックスに立《た》って、バットをふったら、よろけてころんじゃったんだ。みんなにすごく笑《わら》われたよ」

「あははは、そうだったわね」

「笑《わら》いごとじゃないよ。……まあ、アニーは運動神経《うんどうしんけい》がいいから、ぼくの気《き》もちなんか、わからないだろうけど」

「わかるわ。わたしだって、一塁《いちるい》に投《な》げろって言《い》われたボールを、まちがってピッチャーに投《な》げちゃって、大笑《おおわら》いされたから」

「あははは、そうだった……あ、笑《わら》いごとじゃないか」

「でも、わたし、野球《やきゅう》は大《だい》すきよ」

「ぼくも、すきだよ」

「うちの家族《かぞく》は、みんな野球《やきゅう》ファンよね。大《だい》リーグのテレビ中継《ちゅうけい》だって、家族《かぞく》そろってよく観《み》るし……」

「大《だい》リーグは、世界《せかい》じゅうから一流《いちりゅう》の選手《せんしゅ》が集《あつ》まってるから、ほんとうにすごいよ」

　そのとき――

　空《そら》からなにかが飛《と》んできて、ポトンと庭《にわ》に落《お》ちた。

「なんだろう？」

ジャックとアニーは、かけよって、落《お》ちてきたものをのぞきこんだ。

それは、まっ白《しろ》な革《かわ》に赤《あか》い糸《いと》のぬい目《め》がある、野球《やきゅう》ボールだった。

ジャックが、ボールをひろいあげた。

「どこから飛《と》んできたのかな？」

ふたりは、家《いえ》のまえの通《とお》りに出《で》て、ボールの持《も》ちぬしをさがした。

「このボール、だれのですか！」

だが、返事《へんじ》は、まったくかえってこない。

「へんねえ」

アニーが、ふとつぶやいた。

「そのボール……もしかしたら、あの世界《せかい》から飛《と》んできたのかも」

「あの世界《せかい》？」

「とつぜん空《そら》から、そのボールが落《お》ちてきたのよ。でも、あたりにはだれもいない。……ということは――」

「マジック・ツリーハウス⁉」

ふたりは、声《こえ》をあわせてさけんだ。

「お兄《にい》ちゃん、いますぐ森《もり》へ行《い》きましょ！」

そう言《い》うと、アニーは、フロッグクリークの森《もり》にむかってかけだした。

ジャックは、いそいで玄関《げんかん》にもどると、階段《かいだん》の上《うえ》においてあったリュックにボールを入《い》れて、アニーのあとを追《お》った。

森《もり》の中《なか》にはいると、ふたりは、いちばん高《たか》いカシの木《き》をめざして走《はし》った。

いつの間《ま》にか雲《くも》が切《き》れ、木々《きぎ》のあいだから、明《あか》るい太陽《たいよう》の光《ひかり》がさしこんでいる。

カシの木《き》の下《した》に着《つ》いて見上《みあ》げると、いちばん高《たか》い枝《えだ》の上《うえ》に、マジック・ツリーハウスがのっていた。

「やっぱり！　わたしたち、また冒険《ぼうけん》に行《い》けるのね！」

アニーが、なわばしごをつかみ、のぼりはじめた。ジャックがあとにつづく。

ツリーハウスの中《なか》にはいると、床《ゆか》の上《うえ》で、木《こ》の葉《は》の影《かげ》がチラチラとおどっていた。

その中《なか》に、青《あお》い野球帽《やきゅうぼう》がふたつと、一冊《いっさつ》の本《ほん》がおかれている。

ジャックが本《ほん》を手《て》に取《と》り、野球《やきゅう》ボールがデザインされた本《ほん》の表紙《ひょうし》をながめた。

「題名《だいめい》は、『野球《やきゅう》の歴史《れきし》』だ」

「お兄《にい》ちゃん、ここ。しおりがはさまってるわ」アニーが、赤《あか》いしおりを指《ゆび》さした。

「ほんとだ」ジャックが、しおりのはさまったページを開《ひら》いた。

そこには、高《たか》い外壁《がいへき》にかこまれた、りっぱな野球場《やきゅうじょう》の写真《しゃしん》がのっていた。

「『一九四七年《ねん》四月《がつ》十五日《にち》、ニューヨーク市《し》ブルックリン区《く》のエベッツ球場《きゅうじょう》』だって……。あれ？　このしおりにも、なにか書《か》いてあるぞ」

ジャックは、しおりの文字《もじ》を、光《ひかり》にかざして見《み》た。

「これは、モーガンからのメッセージだ！」

ジャックは、しおりに書《か》かれたメッセージを読《よ》みあげた。

一九四七年《ねん》四月《がつ》十五日《にち》は、
野球《やきゅう》の歴史《れきし》が変《か》わった日《ひ》
その日《ひ》のエベッツ球場《きゅうじょう》へ行《い》き、

だいじなことを　学《まな》びなさい

ジャックは、首《くび》をかしげた。

「『だいじなこと』って、なんだろう。野球場《やきゅうじょう》で学《まな》ぶんだから、野球《やきゅう》がうまくなる方《ほう》法《ほう》とか……かな？」

「きっとそうよ。で、そのあとは？」

その野球帽《やきゅうぼう》は、魔法《まほう》の帽子《ぼうし》
かぶれば、たちまち達人《たつじん》に
まわりの人《ひと》の目《め》には
姿《すがた》も、そのように映《うつ》ります
ただし、あなたたちが　かぶっているあいだだけ

アニーが帽子《ぼうし》をひろいあげて、しげしげとながめた。

HISTORY
OF
BASEBALL

「これをかぶれば、野球《やきゅう》の達人《たつじん》になれるんだって！　ああ、モーガンは、わたしたちが入団《にゅうだん》テストに受《う》かるように、いろいろ考《かんが》えてくれたんだわ」

「それにしても……ぼくたち、いきなりこんな大《おお》きな球場《きゅうじょう》で、試合《しあい》に出《で》るの？　そんなのむりだよ」

「だいじょうぶよ。達人《たつじん》なんだから」

「そうかなあ……」

ジャックは、メッセージのつづきを読《よ》みあげた。

試合《しあい》がおわったら
野球《やきゅう》のほんとうのルールを
知《し》る人《ひと》に会《あ》うでしょう
その人《ひと》に、落《お》ちてきたボールをあげなさい
名《な》まえが書《か》かれていることを　たしかめて

「『野球《やきゅう》のほんとうのルールを知《し》る人《ひと》』って、だれのこと？」と、アニー。

「そりゃあ、審判《しんぱん》だと思《おも》うよ」

ジャックはそう言《い》いながら、リュックの中《なか》のボールを出《だ》し、手《て》の上《うえ》でくるくるまわして見《み》た。

「あれ、おかしいな。名《な》まえなんて、どこにも書《か》いてないけど……」

すると、アニーが、うれしそうに言《い》った。

「だったら、名《な》まえをつけちゃえばいいのよ！　えーっと、野球《やきゅう》のボールだから……**〈ストライク〉**はどう？」

「え？　そんなの、へんだよ」

「それじゃ、〈ホームラン〉は？」

「まあ、おんなじようなものだけど、〈ホームラン〉のほうがかっこいいか」

ジャックはえんぴつを出《だ》し、ボールに〈ホームラン〉と書《か》いた。

「試合《しあい》がおわったら、これを試合《しあい》の審判《しんぱん》にあげればいいんだな」

ジャックは、リュックの中《なか》にボールをしまった。

アニーが、はずんだ声《こえ》で言《い》った。

「ああ、なんだか、わくわくしてきたわ！　いまから、一九四七年《ねん》の、ニューヨークのエベッツ球場《きゅうじょう》に行《い》く。わたしたちは、どこから見《み》ても名選手《めいせんしゅ》。もしかしたら、サインして、って言《い》われるかもね。試合《しあい》がおわったら、審判《しんぱん》にそのボールをあげて、任務《にんむ》完了《かんりょう》！」

「うん。たのしい冒険《ぼうけん》になりそうだ」

ジャックは、本《ほん》を開《ひら》いて、エベッツ球場《きゅうじょう》の写真《しゃしん》の上《うえ》に、指《ゆび》をおいた。

「ここへ、行《い》きたい！」

そのとたん、風《かぜ》が巻《ま》きおこった。

ツリーハウスが、いきおいよくまわりはじめた。

回転《かいてん》は、どんどんはやくなる。

ジャックは思《おも》わず目《め》をつぶった。

やがて、なにもかもがとまり、しずかになった。

なにも聞《き》こえない。

魔《ま》法《ほう》の青《あお》い帽《ぼう》子《し》

春《はる》のそよ風《かぜ》がふいてきて、ジャックのほおをなでた。

目《め》を開《あ》けて見《み》ると、ツリーハウスは、小《ちい》さな木立《こだち》に着《つ》いていた。

はるかむこうに、レンガづくりの大《おお》きなつり橋《ばし》が見《み》える。

「お兄《にい》ちゃん、あの橋《はし》、なにかで見《み》たことがあるわ」

「あれは、ニューヨークの有名《ゆうめい》な橋《はし》だ。マンハッタンとブルックリンをむすぶ、名《な》まえはたしか、ブルックリン橋《ばし》」

「ねえ、わたしたち、もう野球選手《やきゅうせんしゅ》みたい」

見《み》ると、ジャックもアニーも、どこかの野球《やきゅう》チームのユニフォームを着《き》ていた。

青《あお》いT《ティー》シャツの上《うえ》に、白《しろ》い半《はん》そでのシャツを着《き》て、はばの広《ひろ》いズボンに黒《くろ》いベルトをしめている。足《あし》もとは、青《あお》いくつ下《した》に、黒《くろ》い野球《やきゅう》シューズをはいている。

「わたしたち、どこのチームの選手《せんしゅ》になったのかしら」

アニーは、ユニフォームの胸《むね》にぬいつけられた、アルファベットの文字《もじ》を読《よ》んだ。

BAT BOY
BAT BOY

「BAT《バット》 BOY《ボーイ》……バットボーイ？」

「ああ、〈バットボーイ〉っていうのは……」

ジャックが、記憶《きおく》をたどりながら言《い》った。

「たしか、試合中《しあいちゅう》、グラウンドにいて、バッターのバットをかたづける人《ひと》のことだよ。

……なあんだ、ぼくたち、選手《せんしゅ》になるんじゃないのか」

すると、アニーが元気《げんき》よく言《い》った。

「選手《せんしゅ》じゃなくても、いいじゃない！ きっと、モーガンは、わたしたちがバットボーイになってかつやくすれば、それが名選手《めいせんしゅ》になるのに役立《やくだ》つ、って考《かんが》えたのよ」

「なるほど」

ジャックは、リュックの中《なか》から『野球《やきゅう》の歴史《れきし》』の本《ほん》を出《だ》して、〈バットボーイ〉についてて書《か》かれたページを開《ひら》いた。

〈バットボーイ〉は、大《おお》きな球場《きゅうじょう》で行《おこな》われる公式戦《こうしきせん》などで、用具《ようぐ》の準備《じゅんび》やかたづけなど、さまざまな仕事《しごと》をする人《ひと》です。

バットボーイの仕事《しごと》は、試合中《しあいちゅう》と、それ以外《いがい》の時間《じかん》に行《おこな》うものとに、わかれます。
まず、試合中《しあいちゅう》のバットボーイの仕事《しごと》について、説明《せつめい》します。

「え？　バットボーイの仕事《しごと》って、そんなにたくさんあるの？」
ジャックは、本《ほん》のページに顔《かお》を近《ちか》づけた。

試合中《しあいちゅう》のいちばんだいじな仕事《しごと》は、バッターが一塁《いちるい》に進《すす》むとき、残《のこ》していったバットをひろって、〈ダッグアウト〉にもどすことです。バットが折《お》れたときには、すぐにかわりのバットをとどけます。

「バットボーイの仕事《しごと》は、それだけかと思《おも》ってた……」
ジャックはつぶやいて、つづきを読《よ》んだ。

キャッチャーのうしろにいる球審《きゅうしん》は、試合《しあい》がスムーズに運《はこ》ぶよう、試合《しあい》のすべてをとりしきっています。この球審《きゅうしん》の手伝《てつだ》いをするのも、バットボーイの仕事《しごと》です。

たとえば、試合中《しあいちゅう》、ボールがスタンド（観客席《かんきゃくせき》）にはいったら、球審《きゅうしん》が予備《よび》のボールを出《だ》して、試合《しあい》を再開《さいかい》させます。すると、バットボーイは、すぐにあたらしい予備《よび》のボールを、球審《きゅうしん》にとどけます。

また、守備《しゅび》の選手《せんしゅ》がとらないファウルボールは、バットボーイがとりに行《い》きます。とったボールは、できるだけはやく球審《きゅうしん》にもどします。

（こうした、試合中《しあいちゅう》のボールを専門《せんもん》にあつかう人《ひと》を、〈ボールボーイ〉として、べつにおく場合《ばあい》もあります）


「あっ、わたし、そういうことをしている人《ひと》、見《み》たことがあるわ」と、アニーが言《い》った。


つぎに、バットボーイが、試合《しあい》まえとあとに行《おこな》う仕事《しごと》について、説明《せつめい》します。

大《おお》きな球場《きゅうじょう》には、選手《せんしゅ》たちが着《き》がえたり、準備運動《じゅんびうんどう》をしたり、シャワーをあびたりする、控《ひか》え室《しつ》があります。この控《ひか》え室《しつ》のことを〈クラブハウス〉といいます。バットボーイは、このクラブハウスを、選手《せんしゅ》たちが到着《とうちゃく》したらすぐに使《つか》えるようにととのえます。

ユニフォームや試合《しあい》の用具《ようぐ》は、まとめて球場《きゅうじょう》にとどけられます。そこで、バットボーイは、ユニフォームとくつ（スパイク）を、それぞれの選手《せんしゅ》のロッカーにくばっておきます。

また、グラウンドには、試合中《しあいちゅう》に、選手《せんしゅ》たちが出番《でばん》をまつベンチがあります。大《おお》きな球場《きゅうじょう》では、一塁側《いちるいがわ》と三塁側《さんるいがわ》の観客席《かんきゃくせき》の下《した》、地面《じめん》よりすこし低《ひく》いところに作《つく》られた〈ダッグアウト〉という場所《ばしょ》に、そのベンチがあります。

バットボーイは、そこに、バット、グローブ、キャッチャーのマスクやミットなどをそろえておきます。

さらに、選手《せんしゅ》たちは、緊張《きんちょう》をほぐしたり集中力《しゅうちゅうりょく》を高《たか》めるために、ガムをかむことがあるので、それらをそろえたり、のどがかわいたときのために水《みず》も用意《ようい》します。

ジャックは、本《ほん》から顔《かお》をあげて、つぶやいた。

「そうなのか……。バットボーイが、そんなにたくさんの仕事《しごと》をしているなんて、ぜんぜん知《し》らなかったな」

試合《しあい》で使《つか》うボールの準備《じゅんび》は、バットボーイのだいじな仕事《しごと》です。

野球《やきゅう》のボールは、新品《しんぴん》のままだとすべることがあるので、すべりどめのために、砂《すな》などをこすりつけておきます。

一方《いっぽう》、よごれすぎたボールは、よごれをきれいにふきとっておきます。

このように、試合《しあい》まえにすませておく仕事《しごと》がたくさんあるので、バットボーイは、試合《しあい》がはじまるなん時間《じかん》もまえに、球場《きゅうじょう》に着《つ》いていなくてはなりません。

そして、試合《しあい》がおわったあとは、よごれたバットやスパイクをきれいにしたり、選手《せんしゅ》が使《つか》ったタオルなどをかたづけたりする仕事《しごと》があります。

アニーが、すっかり感心《かんしん》したように言《い》った。

「バットボーイって、たいへんな仕事《しごと》なのね」
「まって。まだあるよ」

バットボーイは、選手《せんしゅ》たちのプレーをすぐ近《ちか》くで見《み》ることができるので、野球選手《やきゅうせんしゅ》をめざす子《こ》どもには、とてもよい勉強《べんきょう》になります。その一方《いっぽう》で、試合中《しあいちゅう》のグラウンドはたいへん危険《きけん》だということを、おぼえておかなければなりません。

さらに、バットボーイは、ボールを遠《とお》くへ投《な》げたり、はやく走《はし》ったりできることはもちろん、ルールもよく理解《りかい》している必要《ひつよう》があります。また、一部《いちぶ》のファンのために特別《とくべつ》な仕事《しごと》をしてはいけないし、だれになにを言《い》われても、腹《はら》をたててはいけません。仕事《しごと》は最後《さいご》まで責任《せきにん》をもってはたします。

このようなことから、かつてはほとんどの試合《しあい》で、『バットボーイは、十四歳以上《じゅうよんさいいじょう》の男子《だんし》でなくてはならない』といった決《き》まりが、もうけられていました。

ジャックはあわてた。

「これはこまったぞ。十四歳以上《じゅうよんさいいじょう》の男子《だんし》じゃないと、バットボーイにはなれないらしい。ぼくたちまだ小学生《しょうがくせい》だし、そもそもアニーは、男子《だんし》じゃない」

すると、アニーが、青《あお》い野球帽《やきゅうぼう》を持《も》ちあげて言《い》った。

「だいじょうぶよ、お兄《にい》ちゃん！　だって、この帽子《ぼうし》をかぶれば、たちまち達人《たつじん》バットボーイになれて、しかも、まわりの人《ひと》にもそう見《み》えるんでしょ？」

「あ……そうだった」と、ジャック。

「じゃあ、さっそく、この帽子《ぼうし》をかぶってみよう！」

ジャックとアニーは、持《も》っていた青《あお》い野球帽《やきゅうぼう》を頭《あたま》にかぶった。

そのとたん――

ふたりの目《め》のまえに、見《み》たこともない野球場《やきゅうじょう》のけしきが広《ひろ》がった。

どこまでもつづくかのような緑《みどり》の芝生《しばふ》。まっすぐにのびる白《しろ》いライン。赤土《あかつち》のピッチャーズマウンドやバッターボックス。観客席《かんきゃくせき》からは、大《おお》きな歓声《かんせい》が聞《き》こえてくる。

頭《あたま》の中《なか》には、バットボーイのやるべき仕事《しごと》が、つぎからつぎにうかんでくる。

「すごい！」アニーが、おどろいてさけんだ。

「ほんとにすごいぞ！」ジャックも、目《め》をぱちくりさせてさけんだ。

「わたし、野球《やきゅう》のことなら、なんでも知《し》ってる気《き》がしてきたわ」

「ぼくも、もうなん回《かい》も、バットボーイをやってきたような気《き》がするよ」

「だけど、帽子《ぼうし》をぬぐと……」

ジャックは、帽子《ぼうし》をとった。

すると、いままで見《み》えていた野球場《やきゅうじょう》のけしきがふっと消《き》え、自分《じぶん》がなにをすればいいのか、さっぱりわからなくなってしまった。

ジャックはあわてて、帽子《ぼうし》をかぶりなおした。

「アニー、この魔法《まほう》の帽子《ぼうし》は、ぜったいぬがないようにしよう」

「わかったわ。それじゃ、エベッツ球場《きゅうじょう》へ、出発《しゅっぱつ》！」

アニーが、なわばしごをおりていった。

ジャックは、『野球《やきゅう》の歴史《れきし》』をリュックにしまうと、アニーのあとについて、なわばしごをおりた。

エベッツ球場《きゅうじょう》はどこ?

地面《じめん》におりてみると、そこは、広《ひろ》い公園《こうえん》の中《なか》だった。

緑《みどり》の芝生《しばふ》の中《なか》を、ゆるやかなカーブを描《えが》くように遊歩道《ゆうほどう》がつづいている。

あちこちにベンチがおかれ、散歩《さんぽ》をたのしむ人《ひと》や、芝生《しばふ》の上《うえ》を走《はし》りまわる子《こ》ども、地面《じめん》にすわりこんであそぶ子《こ》どもたちの姿《すがた》が見《み》える。

「えーと……。エベッツ球場《きゅうじょう》は、どこだろう?」

ジャックは、ふたたび本《ほん》を出《だ》して、球場《きゅうじょう》の写真《しゃしん》がのっているページを開《ひら》いた。

エベッツ球場《きゅうじょう》（エベッツ・フィールド）は、大《だい》リーグの人気《にんき》チーム、ブルックリン・ドジャースのホームグラウンドとして、一九一三年《ねん》、ニューヨーク市《し》のブルックリン区《く》に建設《けんせつ》されました。

その後《ご》、なん回《かい》も改修工事《かいしゅうこうじ》を行《おこな》い、三万人以上《さんまんにんいじょう》を収容《しゅうよう》する大球場《だいきゅうじょう》となりました。

大理石《だいりせき》をふんだんに使《つか》った正面入口《しょうめんいりぐち》など、当時《とうじ》としては、とてもはなやかな球場《きゅうじょう》

だったため、たくさんの野球《やきゅう》ファンを集《あつ》め、しだいに「ブルックリンといえば、エベッツ球場《きゅうじょう》」といわれるほど、有名《ゆうめい》になりました。


「あれ、ちょっとまって」ジャックが、本《ほん》から顔《かお》をあげた。

「この本《ほん》によると、エベッツ球場《きゅうじょう》は、大《だい》リーグのチームのホームグラウンドだよ。そんなすごい球場《きゅうじょう》で、ぼくたち、どんな試合《しあい》のバットボーイをするのかなあ」

するとアニーが、けろっとしてこたえた。

「野球場《やきゅうじょう》って、いろんなイベントに使《つか》われるじゃない——歌手《かしゅ》のコンサートとか。だから、少年野球《しょうねんやきゅう》の試合《しあい》だって、あるんじゃないの？」

「そうか……そうだね」

「で、エベッツ球場《きゅうじょう》はどっち？」

「この本《ほん》には、ニューヨーク市《し》ブルックリン区《く》としか書《か》いてない。とにかく、この公《こう》園《えん》を出《で》て、それから、だれかに聞《き》いてみよう」

ふたりが歩《ある》きだしたとき、とつぜん、ぴゅうっと強《つよ》い風《かぜ》がふいてきた。

「あっ!」

ジャックが、帽子《ぼうし》をおさえようとしたときには、もうおそかった。

ふりむくと、ジャックの野球帽《やきゅうぼう》は、風《かぜ》に飛《と》ばされ、芝生《しばふ》の上《うえ》をいきおいよくころがっていく。

「まて!」ジャックは、必死《ひっし》に帽子《ぼうし》を追《お》いかけた。

その横《よこ》を、アニーが風《かぜ》のように追《お》いぬいていく。

「はい、お兄《にい》ちゃん」

ひろいあげた帽子《ぼうし》を、アニーがさっとさしだした。

「はあ、あ、ありがと……アニーは、足《あし》がはやいなあ」

「わたしは帽子《ぼうし》をかぶってたからよ。達人《たつじん》バットボーイは、はやく走《はし》れるの」

「そうか……。とにかく、二度《にど》と帽子《ぼうし》を飛《と》ばされないよう、気《き》をつけよう」

ジャックとアニーは、帽子《ぼうし》を手《て》でおさえながら、ふたたび歩《ある》きだした。

芝生《しばふ》の上《うえ》で、男《おとこ》の人《ひと》が、ギターをひきながら、歌《うた》を歌《うた》っていた。

しばらく行《い》くと、黒人《こくじん》の子《こ》どもたちが、ビー玉《だま》あそびをしていた。

その近《ちか》くを通《とお》りすぎようとしたとき、ひとりの男《おとこ》の子《こ》が、大声《おおごえ》でさけんだ。

「あっ、バットボーイだ！」

その声《こえ》に、ほかの子《こ》どもたちも、いっせいに顔《かお》をあげた。

どの子《こ》も、まぶしそうにジャックとアニーを見《み》ている。

アニーが、ジャックにささやいた。

「聞《き》いた？　わたしたち、本物《ほんもの》のバットボーイに見《み》えてるのよ」

ジャックも、ささやきかえす。

「ってことは、アニーは、男《おとこ》の子《こ》に見《み》えてるんだぞ。男《おとこ》の子《こ》のふりをしなきゃ」

アニーが、子《こ》どもたちに声《こえ》をかけた。

「あ、そうか」

「ねえ、あなたたち……じゃなくて、きみたち、エベッツ球場《きゅうじょう》の場所《ばしょ》、わかる？」

いちばん年長《ねんちょう》の男《おとこ》の子《こ》が、歩道《ほどう》の先《さき》を指《ゆび》さしてこたえた。

「あっちだよ。公園《こうえん》を出《で》たら、路面電車《ろめんでんしゃ》の線路《せんろ》にそって、まっすぐ行《い》くんだ。球場《きゅうじょう》は大《おお》きいから、すぐにわかるよ」

「ありがとう」

アニーが手《て》をあげてあいさつし、その場《ば》をはなれようとしたとき、いっしょにあそんでいた女《おんな》の子《こ》が、言《い》った。

「試合《しあい》は二時半《にじはん》からでしょ？　いそいだほうがいいよ」

「えっ？」ジャックが、はっとしてふりかえった。

「いま、なん時《じ》？」

男《おとこ》の子《こ》が、ビルの外壁《がいへき》にとりつけられた時計《とけい》を指《ゆび》さして、言《い》った。

「十二時半《じゅうにじはん》！」

ジャックはあわてた。

「ちこくだ！　バットボーイは、試合《しあい》がはじまるなん時間《じかん》もまえに、球場《きゅうじょう》に着《つ》いていなきゃいけないのに！」

「お兄《にい》ちゃん、走《はし》りましょ！」

ジャックとアニーは、片手《かたて》で帽子《ぼうし》をおさえたまま、公園《こうえん》の出口《でぐち》にむかって、かけだした。

ベンとベッキー

ジャックとアニーが公園《こうえん》の出口《でぐち》にさしかかったとき、うしろから、ふたりを呼《よ》ぶ声《こえ》が聞《き》こえた。

「まって！　バットボーイのお兄《にい》さんたち！」

ふりかえると、六歳《ろくさい》くらいの男《おとこ》の子《こ》と女《おんな》の子《こ》が、手《て》をふりながら追《お》いかけてくる。

さっきビー玉《だま》あそびをしていた、黒人《こくじん》の子《こ》どもたちだ。

ジャックは、ふたりにむかって、あやまるポーズをしながら言《い》った。

「ごめん！　ぼくたち、いそいでるんだ」

すると、女《おんな》の子《こ》のほうがさけんだ。

「近道《ちかみち》があるの。おしえてあげる！」

アニーが足《あし》をとめた。

「ほんと？」

「うん。こっちだよ。ついてきて！」

男《おとこ》の子《こ》が、急《きゅう》カーブをきって、ちがう方向《ほうこう》へ走《はし》りだした。

女《おんな》の子《こ》も、そのあとを追《お》いながら、ふりかえって「こっち、こっち」と手《て》まねきする。

ジャックとアニーは、うなずきあうと、まよわずふたりのあとを追《お》いかけた。

ふたりの子《こ》どもたちに追《お》いつくと、アニーが話《はな》しかけた。

「ねえ、あなたたち……じゃなくて、きみたちは、このへんに住《す》んでるの？」

「そう！　おれは、ベン」男《おとこ》の子《こ》が言《い》った。

「あたしは、ベッキー。あたしたち、ふたごなの！」女《おんな》の子《こ》が言《い》った。

「ふたご？　わあ、いいな！」と、アニー。

「お兄《にい》さんたちの名《な》まえは？」ベッキーがたずねた。

「わたし……じゃなくて、ぼくは、ア……アンディ」

「ぼくは、ジャックだよ」

「アンディと、ジャック」ベンがくりかえす。

「あたしたち、もう友《とも》だちね！」ベッキーが、うれしそうに言《い》った。

ベンとベッキーについていくと、やがて大通《おおどお》りに出《で》た。

広《ひろ》い通《とお》りを、路面電車《ろめんでんしゃ》がいそがしく行《い》きかい、そのあいだを、たくさんの自動車《じどうしゃ》が走《はし》りぬける。あちこちでクラクションが鳴《な》り、車《くるま》の排気口《はいきこう》からは、もくもくと煙《けむり》がはき出《だ》されている。

「ここで、むこう側《がわ》にわたるの」ベッキーが言《い》った。

だが、むこうには永遠《えいえん》にわたれないのではと思《おも》うくらいの、すごい交通量《こうつうりょう》だ。

四人《よにん》は、信号《しんごう》が変《か》わるのをまった。

ふと見《み》ると、新聞《しんぶん》や雑誌《ざっし》を売《う》る売店《ばいてん》があった。なにげなく顔《かお》をむけたジャックの目《め》に、新聞《しんぶん》の見出《みだ》しが、飛《と》びこんできた。

一九四七年《ねん》四月《がつ》十五日《にち》
大《だい》リーグ　いよいよ開幕《かいまく》！
ドジャース　対《たい》　ブレーブス
本日《ほんじつ》二時半《にじはん》から　エベッツ球場《きゅうじょう》にて

ジャックはおどろいて、アニーをつついた。

「ア、アニ……いや、アンディ！」

「どうしたの？」

「新聞《しんぶん》を見《み》て。あれ、いまからぼくたちがバットボーイをやる試合《しあい》だよ」

見出《みだ》しを見《み》たアニーが、思《おも》わず声《こえ》をあげた。

「えっ、じゃあ、わたしたち、大《だい》リーグの開幕戦《かいまくせん》で、バットボーイをやるの!?」

「こりゃあたいへんだ。テレビに映《うつ》っちゃうかもしれないよ！」

ベンとベッキーが、びっくりしてふたりを見《み》た。

「知《し》らなかったの？」と、ベン。

ジャックが、きまりわるそうにこたえた。

「う、うん……。エベッツ球場《きゅうじょう》に行《い》けとしか、言《い》われてなかったから」

すると、ベッキーが聞《き》いた。

「じゃ、今日《きょう》が特別《とくべつ》な試合《しあい》だ、ってこと、知《し》ってる？」

「特別《とくべつ》な試合《しあい》……？」と、ジャック。

「そう。今日《きょう》から野球《やきゅう》が変《か》わる！って、みーんな言《い》ってるよ！」

ベンが、うでを大《おお》きく広《ひろ》げて言《い》った。

（野球《やきゅう》が、変《か》わる？）

ジャックは、モーガンのメッセージを思《おも》いだした。

一九四七年《ねん》四月《がつ》十五日《にち》は、
野球《やきゅう》の歴史《れきし》が変《か》わった日《ひ》
その日《ひ》のエベッツ球場《きゅうじょう》へ行《い》き、
だいじなことを　学《まな》びなさい

今日《きょう》の試合《しあい》で、野球《やきゅう》の歴史《れきし》がどう変《か》わるというのだろう。

「あの、さ……」ジャックが、ふたごにたずねようとしたとき、信号《しんごう》が変《か》わった。

「行《い》くよ！」ベンが声《こえ》をかけた。

「ここの信号《しんごう》は、あっという間《ま》に赤《あか》になるの」と、ベッキー。

そのことばどおり、通《とお》りを半分《はんぶん》ほどわたったところで、信号《しんごう》が変《か》わってしまった。

「あぶないから、手《て》をつないで！」ベッキーがさけぶ。

ふたごが、ジャックとアニーの手《て》を取《と》って、走《はし》りだした。

「路面電車《ろめんでんしゃ》に気《き》をつけて！」

ベンとベッキーは、ひっきりなしに通《とお》る路面電車《ろめんでんしゃ》を、ひらりひらりとかわしながら、通《とお》りをわたっていく。

その身《み》のこなしに、ジャックは感心《かんしん》した。

(ぼくたちだけだったら、この通《とお》りはわたれなかったかもしれないな)

大通《おおどお》りをわたると、ベンが、こんどは、ほそい路地《ろじ》を指《ゆび》さした。

「こっち、こっち」

路地《ろじ》をのぞくと、先《さき》のほうは、人《ひと》ひとりがやっと通《とお》れるほどのはばしかない。

「この道《みち》は、あたしたちしか知《し》らないの」

ベッキーが、得意《とくい》げに言《い》った。

建物《たてもの》にはさまれたせまい路地《ろじ》を進《すす》みながら、ふたごが、おしゃべりをはじめた。

「ブルックリンの人《ひと》は、みーんな、ドジャースのファンなんだ」と、ベン。

「だから、ドジャースの試合《しあい》がある日《ひ》は、たいへんよ」と、ベッキー。

「町《まち》じゅうの人《ひと》が、ラジオつけて――」

「あっちでも、こっちでも、『ドジャースがんばれ!』って」

ベンは、ちらりとジャックを見《み》た。

「バットボーイは、みんなのあこがれだ」

「うん、あこがれ」

「選手《せんしゅ》をそばで見《み》られるし――」

「サインだって、もらえるかもしれないし――」

「それに、今日《きょう》は、あの選手《せんしゅ》が出《で》るしな」

「背番号《せばんごう》42の――」

「おれたちのヒーロー!」

とつぜん視界《しかい》が開《ひら》け、目《め》のまえに、巨大《きょだい》なスタジアムがあらわれた。

赤茶色《あかちゃいろ》の外壁《がいへき》のてっぺんに、〈エベッツ球場《きゅうじょう》〉の文字《もじ》が見《み》える。

EBBETS FIELD
·EBBETS FIELD·

「これが、エベッツ球場《きゅうじょう》ね！」アニーが、歓声《かんせい》をあげた。

正面入口《しょうめんいりぐち》のまわりには、開幕戦《かいまくせん》をたのしみにしていたファンが、おおぜいつめかけていた。

通《とお》りをぞろぞろ歩《ある》いてくる人《ひと》、路面電車《ろめんでんしゃ》からおりる人《ひと》、車《くるま》で乗《の》りつける人《ひと》。みな、うきうきとうれしそうだ。

ジャックは、ベンとベッキーにむかって言《い》った。

「近道《ちかみち》をおしえてくれて、ありがとう。ほんとうに助《たす》かったよ。ぼくたちだけだったら、たどり着《つ》けなかったかもしれないからね」

アニーも言《い》った。

「ベン、ベッキー、あなた……いや、きみたちに会《あ》えてうれしかったよ。元気《げんき》でね」

ところが、ふたごは、ジャックとアニーからはなれようとしない。

「もうちょっと、いっしょに行《い》ってもいい？」ベンが、小《ちい》さな声《こえ》で言《い》った。

「ちょっとでいいから、中《なか》にはいってみたいの」ベッキーがつづける。

ジャックとアニーは、顔《かお》を見《み》あわせた。

「いいよ。きみたちも中《なか》にはいれるよう、たのんでみるよ」ジャックが言《い》った。

「わあい！」ベンとベッキーは、飛《と》びあがってよろこんだ。

四人《よにん》は、正面入口《しょうめんいりぐち》から、エントランスホールにはいった。

ホールの床《ゆか》は、つるつるの大理石《だいりせき》で、天井《てんじょう》の照明《しょうめい》は、野球《やきゅう》のバットでできている。

チケット売《う》り場《ば》には、たくさんの人《ひと》がならんでいた。

窓口《まどぐち》の上《うえ》には、「一般席《いっぱんせき》　ひとり一ドル」と書《か》かれた案内《あんない》がかかっている。

「ひとり一ドル……あっしまった！　ぼく、お金《かね》を持《も》ってない」

ジャックが、ズボンのポケットをさぐりながら言《い》った。

すると、ベンが口《くち》をはさんだ。

「バットボーイは、チケットいらないよ」

ベッキーも言《い》う。

「そうよ。お仕事《しごと》するんだから」

「じゃあ、ぼくたちは、どこからはいればいいのかな」

ジャックは、関係者用《かんけいしゃよう》の入口《いりぐち》はないかと、あたりを見《み》まわした。

そのとき、ホールに大声《おおごえ》がひびいた。

「おーい！　そこのふたり！」

ふりむくと、制服姿《せいふくすがた》の背《せ》の高《たか》い男《おとこ》の人《ひと》が、人《ひと》がきをかきわけながら、近《ちか》づいてきた。

胸《むね》に〈警備員《けいびいん》〉と書《か》かれたバッジをつけている。

警備員《けいびいん》は、ふたりのところへ来《く》ると、言《い》った。

「バットボーイ、クラブハウスの支配人《しはいにん》がさがしてたぞ！」

ジャックとアニーは、いそいでまえに出《で》た。

「はい、おくれてすみません」

「こっちへ来《き》て。いそいで！」

警備員《けいびいん》がくるりと背《せ》をむけたので、ジャックはあわてて言《い》った。

「まってください。この子《こ》たちも、つれていっていいですか？　とてもよく気《き》がつくんです。ぼくたちの仕事《しごと》を、手伝《てつだ》ってもらおうと……」

警備員《けいびいん》はあきれたように、首《くび》をふった。

「知《し》らないのか？　クラブハウスに関係者以外《かんけいしゃいがい》の者《もの》を入《い》れたら、その場《ば》でクビだぞ」

ジャックは、思《おも》いだした。

（ああ、そうだった。一部《いちぶ》のファンだけを、特別《とくべつ》あつかいしちゃいけないんだ……）

ジャックは、ベンとベッキーにむきなおって言《い》った。

「ごめん。やっぱりきみたちを、つれていけないよ」

すると、ベンが、手《て》をふってこたえた。

「いいよ、いいよ！　気《き》にしないで」

ベッキーが、ジャックの耳《みみ》に顔《かお》をよせて、ささやいた。

「ほんとはあたしたち、中《なか》にはいらなくても、試合《しあい》は見《み》られるの。球場《きゅうじょう》の得点板《とくてんばん》の下《した》に、すき間《ま》があってね。ベッドフォード通《どお》りからのぞくと、外野手《がいやしゅ》の背中《せなか》が見《み》えるの。だから今日《きょう》も、そのすき間《ま》から応援《おうえん》する」

「バットボーイ！　はやく！」警備員《けいびいん》がせかす。

「お兄《にい》さんたち、お仕事《しごと》がんばってね！」ベッキーが言《い》った。

ジャックとアニーは、ふたりに手《て》をふると、警備員《けいびいん》のあとを追《お》いかけた。

背番号《せばんごう》42

警備員《けいびいん》のあとについて、階段《かいだん》をのぼっていくと、観客席《かんきゃくせき》に出《で》た。

そこからは、球場《きゅうじょう》ぜんたいを見《み》わたすことができた。

グラウンドには緑《みどり》の芝生《しばふ》が広《ひろ》がり、そのまん中《なか》に、ピッチャーの立《た》つマウンドが、小《ちい》さな丘《おか》のようにもりあがっている。ファウルラインが交《まじ》わるところには、まっ白《しろ》なホームベースと、バッターボックスがある。

グラウンドのまわりを、ゆるやかな傾斜《けいしゃ》のついた観客席《かんきゃくせき》がとりかこんでいた。一塁《いちるい》側《がわ》の奥《おく》は、そこだけ観客席《かんきゃくせき》がなく、得点板《とくてんばん》のむこうにブルックリンの街並《まちな》みが見《み》える。

警備員《けいびいん》が、両《りょう》サイドのダッグアウトを指《ゆび》さした。

「一塁側《いちるいがわ》がドジャース、三塁側《さんるいがわ》がブレーブスだ。今日《きょう》、きみたちには、ブレーブスのバットボーイをやってもらうそうだ。いま、クラブハウスの支配人《しはいにん》を呼《よ》んでくるから、ここでまっててくれ」

それだけ言《い》うと、警備員《けいびいん》はどこかへ行《い》ってしまった。

【エベッツ球場見取り図】

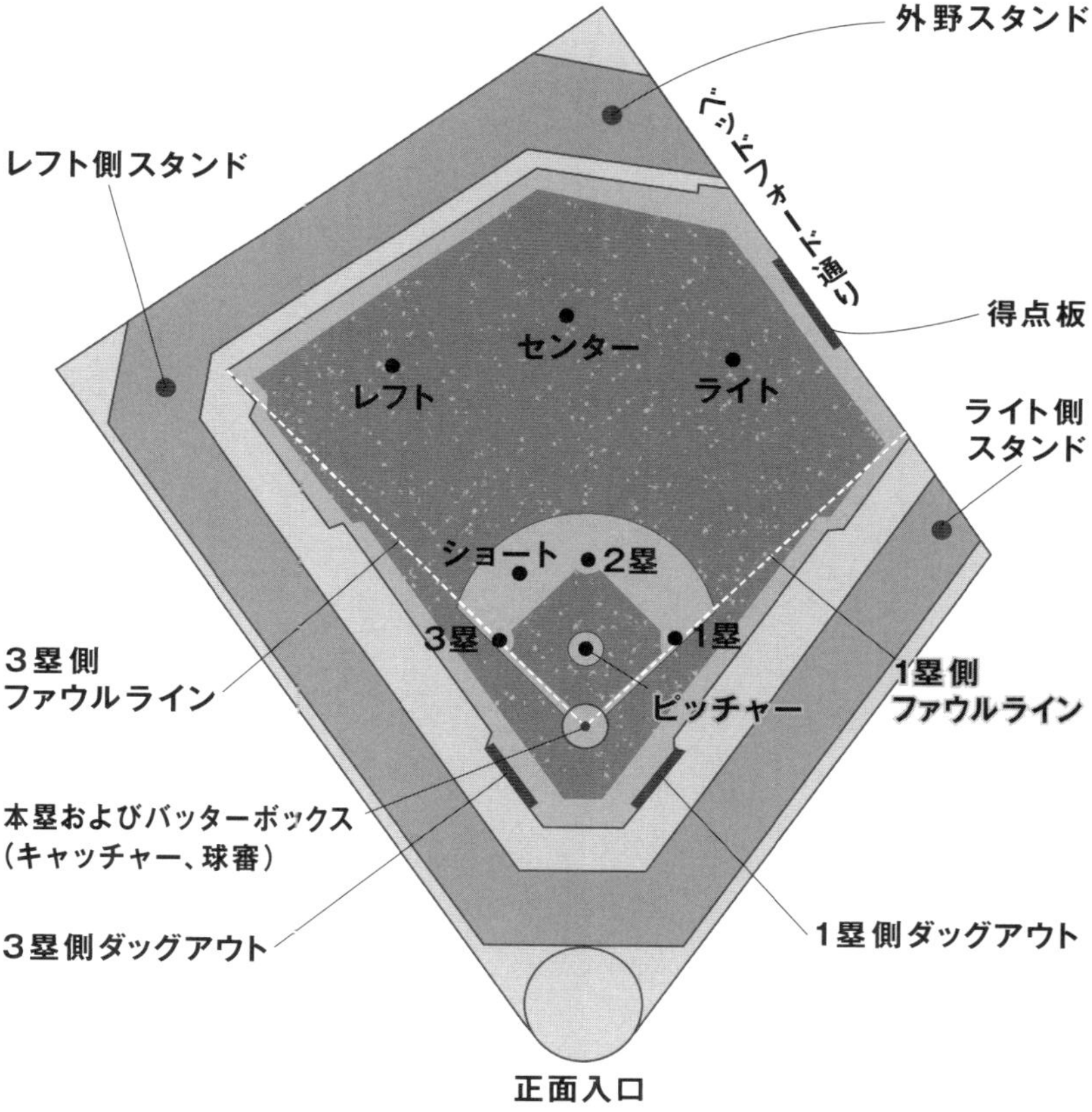
外野スタンド
ベッドフォード通り
得点板
レフト側スタンド
センター
レフト
ライト
ライト側
スタンド
ショート
2塁
3塁
1塁
3塁側
ファウルライン
ピッチャー
1塁側
ファウルライン
本塁およびバッターボックス
（キャッチャー、球審）
3塁側ダッグアウト
1塁側ダッグアウト
正面入口

EBBETS FIELD

ネットうらでは、ブラスバンドが、楽器《がっき》の音《おと》あわせをしていた。

どこからか、ホットドッグやポップコーンのにおいが、ただよってくる。

アニーが、観客席《かんきゃくせき》をぐるりと見《み》まわして言《い》った。

「お兄《にい》ちゃん、見《み》て。お客《きゃく》さんたち、みんなおしゃれしてる」

男《おとこ》の人《ひと》は、スーツを着《き》てネクタイをしめ、帽子《ぼうし》をかぶっている。女《おんな》の人《ひと》は、スーツやワンピースに、かざりのついた帽子《ぼうし》や、手《て》ぶくろをつけている人《ひと》もいる。子《こ》どもたちも、きちんとした服《ふく》そうで、行儀《ぎょうぎ》よく試合開始《しあいかいし》をまっている。

「ほんとだ。ぼくたちの時代《じだい》じゃ、野球場《やきゅうじょう》にいる人《ひと》は、だいたいT《ティー》シャツだけどなあ。この時代《じだい》の人《ひと》にとっては、野球《やきゅう》を観《み》るのは、特別《とくべつ》なことなんだね」

一塁側《いちるいがわ》ダッグアウトから、ドジャースの選手《せんしゅ》たちが出《で》てきた。

観客席《かんきゃくせき》から、ぱらぱらと拍手《はくしゅ》がおこった。

選手《せんしゅ》たちは、それぞれの位置《いち》について、キャッチボールをはじめる。

そのなかで、十六《じゅうろく》、七歳《しちさい》の少年《しょうねん》たちがきびきびと走《はし》りまわり、選手《せんしゅ》にボールをわたしたり、バットをはこんだりしていた。

ジャックは、目《め》を見《み》はった。

「ドジャースのバットボーイだ。うわあ……なんだか、おとなみたいだな」

「わたしたちも、あんなふうに見《み》えるのかしら」と、アニー。

「じつは、さっきから気《き》になってるんだけど……。ぼくにはどうしても、アニーが小《しょう》学生《がくせい》の女《おんな》の子《こ》にしか見《み》えないんだよ」

「お兄《にい》ちゃんも、お兄《にい》ちゃんにしか見《み》えないわ。でも――」

アニーが、そう言《い》いかけたときだった。

場内《じょうない》に、「おおおっ！」というどよめきがおこった。

観客《かんきゃく》も、案内係《あんないがかり》も、ホットドッグ売《う》りも、いっせいにグラウンドに目《め》をむける。

ジャックは、いそいで、人々《ひとびと》の視線《しせん》を追《お》った。

見《み》ると、一塁側《いちるいがわ》ダッグアウトから、ひとりの選手《せんしゅ》が出《で》てきたところだった。背中《せなか》に、「42」という数字《すうじ》が見《み》える。

その選手《せんしゅ》にむかって、おおぜいの記者《きしゃ》とカメラマンがおしよせ、パシャ、パシャとフラッシュの光《ひかり》をあびせかけた。

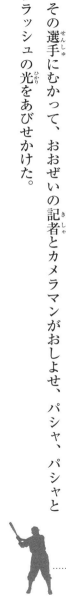

A REALHIT
42

グラウンドにいた選手《せんしゅ》や、審判《しんぱん》たちも、みな動《うご》きをとめて、そっちを見《み》つめている。観客席《かんきゃくせき》では、立《た》ちあがって拍手《はくしゅ》する人《ひと》、手《て》を口《くち》にあててさけぶ人《ひと》、腕《うで》をふりまわしている人《ひと》もいるが、顔《かお》をそむけて、ぶつぶつつぶやいている人《ひと》もいる。

ジャックとアニーが、そのようすを見《み》ていると、ふいにうしろから声《こえ》がした。

「バットボーイ！　三十分《さんじっぷん》のちこくだ」

ふりむくと、そこに、スーツ姿《すがた》のふとった男《おとこ》の人《ひと》が立《た》っていた。

「もうしわけありません」

ジャックとアニーは、ぴんと姿勢《しせい》をただした。

「名《な》まえは？」

「ジャックと、アニ……アンディです」と、ジャックがこたえた。

「ジャックとアンディか。わたしは、クラブハウス支配人《しはいにん》のウォーカーだ。おまえたちの仕事場《しごとば》は、こっちだ」

ウォーカーは、ふたりを手《て》まねきしながら、足早《あしばや》に歩《ある》きだした。

バットボーイの仕事《しごと》

支配人《しはいにん》のウォーカーは、三塁側《さんるいがわ》の階段《かいだん》をおり、通路《つうろ》をずんずん歩《ある》いて、大《おお》きなドアのまえに立《た》った。ドアには、札《ふだ》がかかっている。

ブレーブス御一行様《ごいっこうさま》
クラブハウス
※関係者以外立《かんけいしゃいがいた》ち入《い》り禁止《きんし》

ドアを指《ゆび》さしながら、ウォーカーが言《い》った。

「たったいま、用具類《ようぐるい》のトランクが着《つ》いたところだ。選手《せんしゅ》のバスもおくれているようだが、まもなく到着《とうちゃく》するだろう。とにかく、いそいで用意《ようい》してくれ！」

「わかりました！」

ジャックとアニーは、声《こえ》をあわせてこたえた。

クラブハウスのドアを開《あ》けると、手《て》まえに休憩室《きゅうけいしつ》があり、その先《さき》にロッカールーム、奥《おく》にシャワールームがあった。

「試合開始《しあいかいし》まで、あと一時間二十分《いちじかんにじっぷん》。お兄《にい》ちゃん、なにからはじめる？」

「そうだな。選手《せんしゅ》は、到着《とうちゃく》したらすぐに着《き》がえるだろうから、まずはユニフォームを用意《ようい》しよう。用具《ようぐ》の準備《じゅんび》は、そのあとだ」

「りょうかい！」

用具類《ようぐるい》のトランクは、ロッカールームの中《なか》においてあった。

ジャックは、〈ユニフォーム〉とはり紙《がみ》がしてあるトランクを開《あ》けた。中《なか》には、赤《あか》い文字《もじ》で〈ブレーブス〉とぬいとりされたユニフォームがはいっていた。

ジャックは、ユニフォームをひと組《くみ》ずつとりだしては、背番号《せばんごう》を読《よ》みあげて、アニーにわたす。アニーはそれを、背番号《せばんごう》とおなじ番号《ばんごう》のついたロッカーにはこび、ハンガーにつるしていく。

それがおわると、スパイクのはいったトランクを開《あ》け、ひとりひとりのロッカーにおいていった。

Braves

ジャックは、つぎのトランクを開《あ》けた。〈ボール〉と書《か》かれた箱《はこ》をとりだし、新品《しんぴん》のボールに、すべりどめの砂《すな》をこすりつけていく。

そのあいだに、アニーはべつのトランクを開《あ》けた。そこには、タオル、救急箱《きゅうきゅうばこ》、チユーインガム、飲《の》み水《みず》を入《い》れるボトルがはいっていた。アニーは、ロッカールームのたなにタオルを入《い》れると、ボトルを持《も》って給水機《きゅうすいき》のところへ行《い》き、飲《の》み水《みず》をそそいでいった。

やがて、通路《つうろ》のほうから、にぎやかな話《はな》し声《ごえ》が聞《き》こえてきた。

ドアが開《あ》き、ブレーブスの選手《せんしゅ》たちが、どやどやとはいってくる。

コーチが、大声《おおごえ》で言《い》った。

「試合開始《しあいかいし》まで、一時間《いちじかん》もない。できるだけはやく、グラウンドで練習《れんしゅう》をはじめよう。みんな、いそいでしたくをしてくれ！」

選手《せんしゅ》たちは、自分《じぶん》の背番号《せばんごう》がついたロッカーへ行《い》くと、すぐに着《き》がえはじめた。

ジャックとアニーは、選手《せんしゅ》たちのじゃまにならないよう、つぎの仕事《しごと》にとりかかった。

クラブハウスからは、地下《ちか》の通路《つうろ》を通《とお》って、直接《ちょくせつ》ダッグアウトに出《で》られるようになっている。

そこでふたりは、バットがはいった重《おも》いトランクを、地下通路《ちかつうろ》に出《だ》し、そのままダッグアウトまでおしていった。ダッグアウトに着《つ》くと、トランクを開《あ》け、ふたりでリレーしながら、バットを専用《せんよう》のたなにさしていく。

それがおわると、ふたたびクラブハウスにもどり、こんどは、ボール、グローブ、ミットなどがはいったトランクをはこびだして、それらの用具《ようぐ》を、ダッグアウトのたなに入《い》れていった。

ブレーブスの選手《せんしゅ》たちが、ユニフォームに着《き》がえて、ぞろぞろと出《で》てきた。ドジャースの選手《せんしゅ》たちがベンチに引《ひ》きあげると、入《い》れかわりに、ブレーブスの選手《せんしゅ》が、グラウンドへ飛《と》びだしていった。

「試合開始《しあいかいし》まで、あと二十分《にじっぷん》よ」アニーが、得点板《とくてんばん》の時計《とけい》を見《み》て言《い》った。

「よし、いそごう！　やることは、まだまだあるぞ」と、ジャック。

しばらくすると、うしろのほうから、女《おんな》の子《こ》の声《こえ》がした。

「バットボーイのお兄《にい》さん！」

ふりかえると、観客席《かんきゃくせき》の子《こ》どもたちが、ノートやボールをさしだしている。

「これに、サインをもらって！」

「これにも、おねがいします！」

「おねがい！　おねがい！　おねがい!!」

なん人《にん》もの子《こ》どもが、いっせいにさけんだ。

「ごめんね。それはできないの」アニーが、きっぱりとことわった。

得点板《とくてんばん》の時計《とけい》を見《み》ると、試合開始《しあいかいし》まであと五分《ごふん》になっていた。

「試合開始《しあいかいし》、五分《ごふん》まえだ。わすれものがないか、確認《かくにん》しよう」

ジャックとアニーは、クラブハウスにもどり、ロッカールームを見《み》まわした。

「えーと、トランクはぜんぶ開《あ》けた」と、ジャック。

「トランクに残《のこ》っているものは……なし！」と、アニー。

ふたりは、空《から》っぽになったトランクを、部屋《へや》のすみにかたづけた。

「よし、準備完了《じゅんびかんりょう》だ！　さあ、グラウンドへ行《い》こう！」

ふたりがロッカールームを出《で》ようとすると、支配人《しはいにん》のウォーカーがはいってきた。

「ジャック、アンディ、手《て》ぎわがいいじゃないか」ウォーカーがほめた。

「ありがとうございます」ふたりがこたえる。

「このあとも、たのむぞ！」

「はい、まかせてください！」

グラウンドでの練習時間《れんしゅうじかん》がおわり、ブレーブスの選手《せんしゅ》たちが、ベンチにもどってきた。

ダッグアウトの床《ゆか》に、カチャカチャというスパイクの音《おと》がひびく。

ベンチにすわった選手《せんしゅ》たちの表情《ひょうじょう》は、さっき球場《きゅうじょう》に到着《とうちゃく》したときとは、まるでちがっていた。

じっと腕《うで》を組《く》んでいる選手《せんしゅ》。足《あし》をたたいて筋肉《きんにく》をほぐしている選手《せんしゅ》。ひたすらガムをかんでいる選手《せんしゅ》……。みんな、とても緊張《きんちょう》しているのがわかる。

ジャックとアニーは、ベンチのすみに、だまって腰《こし》をおろした。

プレーボール！

場内《じょうない》のはりつめた空気《くうき》をやぶって、アナウンスが流《なが》れた。

「レディース・アンド・ジェントルメン！　一九四七年《ねん》の大《だい》リーグ開幕戦《かいまくせん》、ドジャース対《たい》ブレーブス、いよいよ試合開始《しあいかいし》です！」

ファンファーレが鳴《な》りひびき、選手《せんしゅ》たちがグラウンドへ出《で》ていった。

「お兄《にい》ちゃん、はじまるわ！」

「うん。このあとの仕事《しごと》も、がんばろう！」

一塁側《いちるいがわ》のファウルラインにドジャースの選手《せんしゅ》、三塁側《さんるいがわ》のファウルラインにブレーブスの選手《せんしゅ》が、それぞれ整列《せいれつ》した。

ジャックとアニーも、ダッグアウトのまえに立《た》った。

「国歌斉唱《こっかせいしょう》です。みなさま、ご起立《きりつ》ください」

観客《かんきゃく》がいっせいに立《た》ちあがった。

それから、選手《せんしゅ》も、審判《しんぱん》も、観客《かんきゃく》も、かぶっている帽子《ぼうし》をぬいで胸《むね》にあてた。

ジャックはあわてた。

国家斉唱《こっかせいしょう》のときに帽子《ぼうし》をとることは、ジャックも知《し》っている。

でも、いまここで帽子《ぼうし》をとったら、ジャックたちが本物《ほんもの》のバットボーイでないことが、ばれてしまう！

アメリカ国歌《こっか》の演奏《えんそう》が、はじまった。

男性歌手《だんせいかしゅ》のろうろうとした歌声《うたごえ》が、球場《きゅうじょう》じゅうにひびきわたる。

ジャックは、となりを見《み》た。が……アニーがいない！

（ど、どこへ行《い》ったんだ？）

ジャックがきょろきょろしていると、うしろから、ささやき声《ごえ》が聞《き》こえた。

「お兄《にい》ちゃん、こっち、こっち」

アニーが、ジャックの腕《うで》をつかんで、ダッグアウトの中《なか》に引《ひ》っぱりこんだ。

ふたりは、柱《はしら》のかげにかくれるように立《た》った。

（だれにも、気《き》づかれませんように……！）

ジャックは、心《こころ》の中《なか》で祈《いの》った。

国歌斉唱《こっかせいしょう》がおわると、選手《せんしゅ》たちが、ダッグアウトのベンチにもどってきた。

場内《じょうない》アナウンスがひびく。

「去年《きょねん》、リーグ優勝《ゆうしょう》をのがしたドジャース。悲願《ひがん》の優勝《ゆうしょう》にむけての第一戦《だいいっせん》です！　一《いっ》回《かい》の表《おもて》は、ブレーブスの攻撃《こうげき》」

ドジャースのピッチャーが、マウンドに立《た》った。

そのほかの選手《せんしゅ》も、自分《じぶん》の守備位置《しゅびいち》につく。

ブレーブスの一番《いちばん》バッターが、バットを手《て》に取《と》り、それをしっかりにぎりしめて、バッターボックスのほうへ歩《ある》いていった。

ジャックとアニーも、自分《じぶん》の持《も》ち場《ば》につく。

ふたりは、自分《じぶん》のやるべきことが、完《かん》ぺきにわかっていた。

アニーは、バットの担当《たんとう》だ。バッターの近《ちか》くで待機《たいき》し、バッターが塁《るい》に出《で》たときにおいていくバットをひろって、ダッグアウトにもどす。

ジャックは、ラインの外《そと》に出《で》たボールをひろう担当《たんとう》だ。ラインの外側《そとがわ》でまっていて、ファウルボールがころがってきたら、それをひろって、すばやく球審《きゅうしん》にもどす。

いよいよ、一番《いちばん》バッターが、バッターボックスに立《た》った。
「プレーボ―――ル！」
球審《きゅうしん》の声《こえ》が、スタジアムにひびきわたった。
わぁぁぁぁ……！
期待《きたい》と興奮《こうふん》が高《たか》まり、スタンドから、大《おお》きな歓声《かんせい》があがった。
ドジャースのピッチャーが、からだを大《おお》きくしならせて、第一球《だいいっきゅう》を投《な》げた。
バッターが打《う》つ。しかし、ボールは、ファウルラインの外《そと》にころがった。
「ファウル！」球審《きゅうしん》の声《こえ》がひびいた。
ジャックは、すぐに飛《と》びだしていくと、ボールをひろって球審《きゅうしん》にもどした。
つぎにピッチャーが投《な》げた球《たま》を、バッターが空《から》ぶりした。
「ストライク！」と、球審《きゅうしん》。
場内《じょうない》アナウンスの声《こえ》がひびいた。
「カウントは、ツーストライク、ノーボール」
つぎもストライクなら、バッターはアウトになる。

「バッター、追《お》いこまれました。ピッチャー、第三球《だいさんきゅう》を……投《な》げる！」

カンッ！

打球《だきゅう》が、いきおいよくころがっていく。バッターは、バットをほうりだし、一塁《いちるい》にむかって走《はし》りだした。

ピッチャーは、腕《うで》をのばしてボールをひろうと、すばやく一塁《いちるい》に投《な》げた。

一塁手《いちるいしゅ》は、バッターが一塁《いちるい》に着《つ》くよりはやく、ボールをキャッチした。

「アウト！」

スタンドから、歓声《かんせい》とブーイングが、同時《どうじ》におこった。歓声《かんせい》をあげたのは、ドジャースのファン、ブーイングは、ブレーブスのファンだ。

アニーは、バッターがほうっていったバットをひろって、ダッグアウトにもどした。

試合《しあい》は進《すす》み、やがて、ブレーブスはスリーアウトとなって、得点《とくてん》「0《ゼロ》」のまま、一回《いっかい》の表《おもて》がおわった。

ドジャースの選手《せんしゅ》はダッグアウトに引《ひ》きあげ、かわって、ブレーブスの選手《せんしゅ》が守備《しゅび》につく。

ジャックとアニーも、三塁側《さんるいがわ》のダッグアウトにもどった。

そこへコーチがやってきて、ジャックに声《こえ》をかけた。

「おい、きみ！　いますぐ、ライトまえに行《い》ってくれ」

ジャックはそれを聞《き》いて、コーチの指示《しじ》の意味《いみ》が、すぐにわかった。つまり、ライト側《がわ》スタンドのまえで、ファウルになったボールをひろってくれ、ということだ。

「はい、行《い》きます！」

ジャックは、すぐに指示《しじ》にしたがった。

ジャックのいる三塁側《さんるいがわ》から、ライト側《がわ》スタンドまでは、かなり遠《とお》かったが、ジャックは、全力《ぜんりょく》で走《はし》った。

ジャックは、この試合《しあい》で、バットボーイの仕事《しごと》をするのが、たのしくてしかたがなかった。

ライト側《がわ》スタンドまえに着《つ》くと、すこし風《かぜ》が強《つよ》くなっていた。

ジャックは、魔法《まほう》の帽子《ぼうし》が飛《と》ばされないよう、手《て》でしっかりおさえながら、位置《いち》についた。

カーン！

バッターの打《う》ったボールが、ファウルとなってころがってきた。

ジャックがそのボールをキャッチしたとたん、うしろの観客席《かんきゃくせき》から、いろいろな声《こえ》が聞《き》こえてきた。

「おい、バットボーイ！　そのボール、おれにくれよ」

「いや、こっちだ。こっちに投《な》げてくれ」

「ひとつくらい、くれたっていいじゃないか！」

ジャックは、聞《き》こえないふりをしながら、本塁《ほんるい》の近《ちか》くで手《て》をあげているバットボーイにむかって、完《かん》ぺきなフォームで投《な》げかえした。

投《な》げたボールは、バットボーイのグローブに、まっすぐとどいた。

「いいコントロール！」

これには、観客《かんきゃく》たちもおどろいて、拍手《はくしゅ》してくれた。

「よし！」

ジャックは、心《こころ》の中《なか》で、ガッツポーズをした。

「出《で》ていけ！」

しかし、それっきり、ボールは、まったく飛《と》んでこなくなった。
たいくつになったジャックは、ひとり考《かんが》えをめぐらせはじめた。
赤《あか》いしおりに書《か》かれていた、モーガンのメッセージを思《おも》いだす。

一九四七年《ねん》四月《がつ》十五日《にち》は、
野球《やきゅう》の歴史《れきし》が変《か》わった日《ひ》
その日《ひ》のエベッツ球場《きゅうじょう》へ行《い》き、
だいじなことを　学《まな》びなさい

モーガンは、なぜぼくたちを、この試合《しあい》に来《こ》させたのだろう？
どうしてこの日《ひ》が、「野球《やきゅう》の歴史《れきし》が変《か》わった日《ひ》」なんだろう？
試合《しあい》は淡々《たんたん》と進《すす》んでいて、とくに歴史《れきし》が変《か》わるようなできごとも、なさそうだった。

うしろの観客席《かんきゃくせき》から、子《こ》どもの声《こえ》が聞《き》こえてきた。

「バットボーイのお兄《にい》さん！」

（ああ……また、サインボールねだりだ）

ジャックはそう思《おも》って、無視《むし》することにした。

「わたし、ドジャースの帽子《ぼうし》がほしいの。もらってきて！」

「ぼくは、ブレーブスの帽子《ぼうし》がほしい！」

「きみの帽子《ぼうし》でもいいよ！」

ジャックは、無視《むし》しつづけた。

すると、とつぜん、らんぼうなヤジが飛《と》んできた。

「おい！　おまえなんか、とっとと帰《かえ》れ！」

「そうだ！　いなかに帰《かえ》っちまえ！」

（えっ？）ジャックは、耳《みみ》をうたがった。

（いや……バットボーイは、なにを言《い》われても、腹《はら》をたてちゃいけないんだ）

ジャックが、なおも聞《き》こえないふりをしていると、ヤジは、どんどんひどくなった。

「ここは、おまえなんかの来《く》るところじゃない！」

「審判《しんぱん》、そいつをつまみ出《だ》せ！」

「ユニフォームを、ぬがせちまえ！」

ばかにしたような口《くち》ぶえや、笑《わら》い声《ごえ》まで聞《き》こえてくる。もはや、スタンドじゅうの観客《かんきゃく》が、ジャックをにくんでいるかのようだった。

（どうして……？　ボールや帽子《ぼうし》をあげなかったから？　聞《き》こえないふりをしたから？　それだけで、こんなにひどいことを言《い》われるのか……？）

ジャックは、胸《むね》がおしつぶされそうだった。からだから力《ちから》がぬけていく。目《め》のまえがかすむ――と思《おも》ったら、涙《なみだ》がこぼれそうになっていた。

「さっさと出《で》ていけよ！」また、だれかがさけんだ。

ジャックは、もうがまんできなかった。どなりつけてやろうと、ふりむくと――

観客《かんきゃく》は、だれもジャックなど見《み》ていなかった。

人々《ひとびと》の視線《しせん》は、つぎのバッターただひとりに、むけられていたのだ。

背番号《せばんごう》42をつけた、ドジャースの黒人選手《こくじんせんしゅ》に。

そのとき、ひとりの観客《かんきゃく》が、立《た》ちあがってさけんだ。

「がんばれ、42番《ばん》！」

すると、なん人《にん》かの観客《かんきゃく》が、パチパチと拍手《はくしゅ》をした。

（あの選手《せんしゅ》を応援《おうえん》している人《ひと》も、いるんだ！）

ジャックは、かたずをのんで、バッターボックスのほうを見《み》つめた。

黒人選手《こくじんせんしゅ》は、観客《かんきゃく》の声《こえ》などまったく気《き》にしていないかのように、落《お》ちついていた。

バットを自分《じぶん》のからだにもたせかけ、両手《りょうて》で砂《すな》をすくって、こすりあわせる。

バッターボックスにはいると、スパイクで地面《じめん》をならし、足《あし》でしっかりふみしめた。

そうして、ピッチャーのほうに顔《かお》をむけると、腕《うで》を高《たか》くあげてバットをかまえた。

ピッチャーが投《な》げる。

カキーン！

黒人選手《こくじんせんしゅ》の打《う》ったボールが、三塁《さんるい》の方向《ほうこう》に飛《と》んで、バウンドした。三塁手《さんるいしゅ》がとって一塁《いちるい》に投《な》げる。だが、一瞬《いっしゅん》はやく、黒人選手《こくじんせんしゅ》が一塁《いちるい》をかけぬけた。

（セーフ！）ジャックは、心《こころ》の中《なか》でつぶやいた。ところが――

「アウト！」一塁《いちるい》の塁審《るいしん》がさけんだ。

「ええっ!?」ジャックは、思《おも》わず声《こえ》をもらした。

場内《じょうない》が、どよめいた。

「ふつうならセーフですが……判定《はんてい》はアウトです」場内《じょうない》アナウンスが言《い》う。

観客席《かんきゃくせき》の女性《じょせい》が、金切《かなき》り声《ごえ》をあげた。

「その調子《ちょうし》よ！　その調子《ちょうし》で、42番《ばん》を追《お》いだして！」

黒人選手《こくじんせんしゅ》は、くやしがるそぶりも見《み》せず、背《せ》すじをぴんとのばして、ダッグアウトへ引《ひ》きあげていく。

ジャックは、おなじチームの選手《せんしゅ》やコーチが、その選手《せんしゅ》をなぐさめるだろうと思《おも》った。

ところが、おどろいたことに、ダッグアウトにもどってきた黒人選手《こくじんせんしゅ》に、ドジャースのチームメイトは、だれひとり声《こえ》をかけようとしない。

（どういうことだ……？）ジャックには、わけがわからなかった。

あきらかにセーフだったのに、塁審《るいしん》はアウトだと言《い》い、攻撃《こうげき》のチャンスをつぶされたのに、チームメイトはなにも言《い》わない。

そのとき、こんな声《こえ》が聞《き》こえてきた。

「黒人《こくじん》には、黒人《こくじん》リーグがあるじゃないか」

「そうだよ。なにもわざわざ、大《だい》リーグに来《こ》なくたっていいんだ！」

ジャックは、はっとした。

（あの選手《せんしゅ》が、こんなひどい目《め》にあわされているのは、黒人《こくじん》だから……？）

ジャックは、場内《じょうない》を見《み》まわした。

そういえば、ドジャースにも、ブレーブスにも、黒人選手《こくじんせんしゅ》はあの42番《ばん》しかいない。

（もしかして、大《だい》リーグには、黒人選手《こくじんせんしゅ》はひとりしかいないのか……。大《だい》リーグは、今日《きょう》まで、白人《はくじん》だけのものだったのか……）

だとすると、あの背番号《せばんごう》42番《ばん》は、大《だい》リーグではじめての黒人選手《こくじんせんしゅ》ということになる。

――はじめてで、ただひとりの――

正体《しょうたい》がばれた⁉

「ファウル！」

球審《きゅうしん》の声《こえ》に、ジャックは、はっとわれにかえった。

42番《ばん》の選手《せんしゅ》に気《き》をとられて、つぎのバッターが打《う》ったところを見《み》すごしてしまったのだ。

ファウルラインの外側《そとがわ》を、ボールが、いきおいよくころがってきた。

ジャックは、あわててグローブを出《だ》したが、間《ま》にあわない。ボールは、ジャックの横《よこ》をすりぬけてしまった。

「あっ、しまった！」

ジャックは、ボールを追《お》ってかけだした。

と、そのとき、とんでもないことがおこった。

観客席《かんきゃくせき》にいた少年《しょうねん》が、ボールをうばおうと、グラウンドに飛《と》びおりたのだ！

（わたさないぞ！）

ジャックは、負《ま》けじとボールを追《お》いかけ、少年《しょうねん》よりわずかにはやく、ボールをつかんだ。

その瞬間《しゅんかん》――

ぴゅうっと強《つよ》い風《かぜ》がふきつけて、ジャックの帽子《ぼうし》が飛《と》ばされてしまった。

「あれっ!?」

とつぜん、目《め》のまえのけしきが、ぼうっとかすんだ。

にぎっているボールを、どうすればよいのかもわからない。

「おーい、こっちだ、こっち!」

本塁《ほんるい》の近《ちか》くで、バットボーイが手《て》をあげている。

ジャックは、そちらにむかって、ボールを投《な》げた。

だが、ボールは本塁《ほんるい》にとどかず、あやうく塁審《るいしん》にあたるところだった。

(ああ、帽子《ぼうし》がぬげたせいだ……。帽子《ぼうし》、ぼくの帽子《ぼうし》はどこだ?)

ジャックが、おろおろとあたりを見《み》まわすと、さっきの少年《しょうねん》が、帽子《ぼうし》を手《て》に、走《はし》り去《さ》るのが見《み》えた。

そのあいだに、まわりは、大《おお》さわぎになっていた。

いまやジャックは、だれがどう見《み》ても、〈バットボーイ〉ではなく、グラウンドにまよいこんだ〈ただの小学生《しょうがくせい》〉だったからだ。

「あんなところに、子《こ》どもがいるぞ！」

「どこから、まぎれこんだんだ？」

「さっきまでここにいた、めがねのバットボーイは、どこへ行《い》った？」

観客《かんきゃく》が口々《くちぐち》にさけぶ。

「**あの子《こ》をつかまえろ！**」

球審《きゅうしん》が、大声《おおごえ》で、警備員《けいびいん》を呼《よ》んだ。

球場《きゅうじょう》のあちこちから、なん人《にん》もの警備員《けいびいん》が飛《と》びだしてきた。

みな、大声《おおごえ》でさけびながら、ジャックを追《お》いかけてくる。

「いたぞ！　あっちだ！」

「た、たすけて……!!」

ジャックは、グローブをふり捨《す》てると、いちもくさんに逃《に》げだした。

BAT BOY

ジャックは、ダッグアウトに飛《と》びこんだ。

「アニー……じゃなくて、アンディ!!」

しかし、そこに、アニーはいなかった。

(クラブハウスだ!) ジャックは、クラブハウスにつづく地下通路《ちかつうろ》を走《はし》った。

クラブハウスのドアを開《あ》けると、アニーが、飲《の》み水《みず》を入《い》れたボトルをかかえて、立《た》っていた。

「はあ、はあ……ア、アニー!」ジャックは、息《いき》を切《き》らせながら言《い》った。

「お兄《にい》ちゃん、どうしたの?」

「魔法《まほう》の帽子《ぼうし》を……お客《きゃく》さんにとられた!」

「えっ!」

「グラウンドにいるとき、強《つよ》い風《かぜ》がふいてきて……ああ、説明《せつめい》しているひまはない。球場《きゅうじょう》じゅうの警備員《けいびいん》が、ぼくをつかまえに来《く》るよ」

そのとき、地下通路《ちかつうろ》を、どやどやと人《ひと》が近《ちか》づいてくる音《おと》がした。

「かくれて!」と、アニー。

だが、身《み》をかくす間《ま》もなく、クラブハウスのドアが、いきおいよく開《ひら》いた。

アニーは、とっさに、自分《じぶん》の帽子《ぼうし》をジャックにかぶせると、すばやくドアのかげにかくれた。

部屋《へや》にはいってきたのは、最初《さいしょ》にジャックたちを案内《あんない》してくれた警備員《けいびいん》と、クラブハウス支配人《しはいにん》のウォーカーだった。

ウォーカーは、ジャックの顔《かお》をちらっと見《み》てから、部屋《へや》の中《なか》を見《み》まわした。

「ジャック、ここに、小学生《しょうがくせい》くらいの男《おとこ》の子《こ》が来《こ》なかったかい？」

「え、小学生《しょうがくせい》くらいの……ですか？」と、ジャック。

「ああ。めがねをかけた、やせっぽちの男《おとこ》の子《こ》だそうだ。客席《きゃくせき》からグラウンドに飛《と》びおりて、さんざん走《はし》りまわったあげく、ここに逃《に》げこんだ、っていうんだが……」

「そ、そんな子《こ》、見《み》てませんよ」ジャックは、しどろもどろになってこたえた。

「おかしいなあ。たしかに、ここにはいったと思《おも》ったんだが」と、警備員《けいびいん》。

「……観客席《かんきゃくせき》に、もどったんじゃないですか？」と、ジャック。

「いや、そんなはずは……。しかし、いったいどこへ行《い》ったんだ……」

ふたりは、部屋《へや》を出《で》ていこうと、ドアのほうをふりむいた。

そのとき、ドアのかげにかくれていたアニーを見《み》つけた。

ウォーカーが、大声《おおごえ》でさけぶ。

「おまえはだれだ！　こんなとこで、なにしてる？」

ドアのかげから、アニーがおずおずと出《で》てきた。

「わ、わたし……じゃなくて、ぼく、バットボーイです……」

警備員《けいびいん》が、あきれて言《い》った。

「女《おんな》の子《こ》のくせに、バットボーイのユニフォームなんか着《き》て！」

ウォーカーが、アニーににじりよった。

「いいか。ここは、子《こ》どもが来《く》るところじゃないんだ。すぐに出《で》ていきなさい。さもないと……」

それを見《み》たジャックは、アニーにむかって、すばやく帽子《ぼうし》を投《な》げた。

「アニー、これ！」

キャッチしたアニーが、さっと帽子《ぼうし》をかぶる。

ウォーカーと警備員《けいびいん》は、ぴたりと動《うご》きをとめた。

「あれ？　いま、ここに女《おんな》の子《こ》が……」

「女《おんな》の子《こ》なんて、いませんよ」アニーが、肩《かた》をすくめてこたえた。

ウォーカーと警備員《けいびいん》は、きつねにつままれたような顔《かお》をしている。

「たしかに、女《おんな》の子《こ》だと思《おも》ったのに」と、警備員《けいびいん》。

「わたしにも、女《おんな》の子《こ》に見《み》えたんだが。うーむ、おかしなまぼろしを見《み》るようじゃ、わたしも焼《や》きがまわったもんだ……」

ふたりは、クラブハウスを出《で》ていこうとした。警備員《けいびいん》が、なにげなくふりかえったそのとき、帽子《ぼうし》をかぶっていないジャックを見《み》つけた。

警備員《けいびいん》が、ジャックを指《ゆび》さしてさけんだ。

「ウォーカーさん、こいつです！　こいつが、グラウンドを走《はし》りまわって、あげくのはてに、われわれにむかって、あっかんべーを……！」

「なんだと？　とんでもない悪《わる》ガキめ！」

ウォーカーと警備員《けいびいん》は、ジャックを部屋《へや》のすみへ追《お》いつめた。

BAT BOY
BAT BOY

そのとき、アニーが、ウォーカーの横《よこ》から帽子《ぼうし》を投《な》げた。

「お兄《にい》ちゃん、はいっ！」

だが、その手《て》は、もう通用《つうよう》しなかった。

アニーの帽子《ぼうし》は、ウォーカーにうばいとられてしまった。

「いいかげんにしろ！」ウォーカーが、まっ赤《か》になってどなった。

「おまえたち、グルだったんだな！」警備員《けいびいん》も、かんかんにおこっている。

「どうやったのかは知《し》らないが、バットボーイになりすまして、球場《きゅうじょう》にはいりこむとはな。さあ、いますぐつまみ出《だ》してやる！」

そう言《い》って、ウォーカーは、ジャックとアニーの腕《うで》をつかもうとした。

アニーが言《い》った。

「わたし、ベンチに、お水《みず》をとどけようとしてたんです。それだけ、やってきてもいいですか？」

「だめだ！」ウォーカーがどなった。

「さあ、出《で》て、出《で》て！」

ジャックは、しかたなく、リュックを手《て》にとった。それから、アニーといっしょに、出口《でぐち》にむかって、歩《ある》きだした。

ふたりは、ウォーカーと警備員《けいびいん》に追《お》いたてられながら、観客席《かんきゃくせき》のうらを通《とお》り、回転《かいてん》ゲートをくぐって、エントランスホールに出《で》た。

チケット係《がかり》が、口《くち》をぽかんと開《あ》けて見《み》つめている。

「ウォーカーさん、聞《き》いて――」アニーが、ふりかえった。

「とまるんじゃない！」警備員《けいびいん》がどなる。

アニーは、歩《ある》きながら言《い》った。

「試合《しあい》がはじまるまえに、『ジャック、アンディ、手《て》ぎわがいいな』って、ほめてくれたでしょう？　あれ、ほんとうに、わたしたちだったのよ」

しかし、ウォーカーは、知《し》らぬふりをした。そして、通《とお》りのむこうを指《ゆび》さして言《い》った。

「寝言《ねごと》はそこまでだ！　二度《にど》とここへ来《く》るんじゃないぞ。もしまた見《み》かけたら、そのときは、ただじゃおかないからな！」

はじめての、そして、ただひとりの

ジャックとアニーは、球場《きゅうじょう》の外《そと》に追《お》いだされた。

強《つよ》い風《かぜ》がふいていたが、いまはもう、帽子《ぼうし》の心配《しんぱい》をする必要《ひつよう》もない。

「こんなのって、ないわ」アニーがつぶやいた。「わたしたち、あんなにがんばったのに……」

「そんなこと、どうでもいい」ジャックは、ため息《いき》をついた。

「ぼくたち、なにひとつ学《まな》ばないうちに、追《お》いだされちゃったんだよ……」

「だけど、ここをはなれるわけにはいかないわ」アニーが言《い》った。

「試合《しあい》がおわったら、あのボールを、審判《しんぱん》にわたさなくちゃいけないんだから」

ジャックは、球場《きゅうじょう》をふりかえった。

ウォーカーと警備員《けいびいん》が、正面入口《しょうめんいりぐち》で、まだこちらをにらんでいる。

「だめだ。とりあえず、場所《ばしょ》を移動《いどう》しよう」

ふたりは、球場《きゅうじょう》まえの通《とお》りを、とぼとぼと歩《ある》きだした。

「そうだ、調《しら》べたいことがあったんだ」

ジャックは、立《た》ちどまって、リュックから『野球《やきゅう》の歴史《れきし》』の本《ほん》をとりだした。そして、「一九四七年《ねん》」のページを開《ひら》くと、声《こえ》を出《だ》さずに読《よ》んだ。


一九四七年《ねん》、大《だい》リーグのナショナル・リーグは、四月《がつ》十五日《にち》に、ニューヨークのエベッツ球場《きゅうじょう》で行《おこな》われた、ドジャース対《たい》ブレーブスの試合《しあい》で開幕《かいまく》しました。この試合《しあい》で、黒人《こくじん》のジャッキー・ロビンソン選手《せんしゅ》が、ドジャースの背番号《せばんごう》42をつけてデビューしました。ここに、はじめての黒人大《こくじんだい》リーガーが誕生《たんじょう》したのです。


「やっぱり、そうだったんだ……」

「お兄《にい》ちゃん、なにが、やっぱりなの？」アニーが聞《き》いた。

ふたりは、ふたたび歩《ある》きだした。

「ドジャースに、背番号《せばんごう》42をつけた、黒人選手《こくじんせんしゅ》がいただろう？　あの選手《せんしゅ》がバッターボックスに立《た》ったとき、スタンドから、ひどいヤジが飛《と》んでいて――」

「わたしも聞《き》いたわ。『おまえが来《く》るところじゃない』とか、『出《で》ていけ』とか」

「それで、あの選手《せんしゅ》だけが、どうしてあんなにいじめられるのか、と思《おも》ったんだ」

「どうしてなの？」

「この本《ほん》によると、一九四七年《ねん》――つまり、いまぼくたちがいるこの年《とし》まで、大《だい》リーグに、黒人《こくじん》の選手《せんしゅ》はいなかったんだ。だからあの選手《せんしゅ》は、大《だい》リーグではじめての――それも、ただひとりの黒人《こくじん》選手《せんしゅ》なんだよ」

「はじめての黒人選手《こくじんせんしゅ》を、みんな、どうしていじめるの？」

ジャックが、考《かんが》えながらこたえた。

「ずっと白人《はくじん》だけでやってきたから……それを変《か》えたくないんだろうね」

エベッツ球場《きゅうじょう》から、ときおり、大《おお》きな歓声《かんせい》が聞《き》こえてくる。

歩《ある》きながら、アニーがつぶやいた。

「わたしたちの時代《じだい》の大《だい》リーグには、白人《はくじん》も、黒人《こくじん》も、それ以外《いがい》の選手《せんしゅ》もたくさんいる――でも、そうじゃない時代《じだい》があったのね」

「うん、そういうことだ」

「でも……白人《はくじん》ばかりの大《だい》リーグに、〝はじめて〟〝ただひとり〟ではいっていくのには、すごく勇気《ゆうき》がいったでしょうね」

「そうだね」

ジャックとアニーが、交差点《こうさてん》にさしかかったときだった。角《かど》から、とつぜん、ふたりの子《こ》どもが飛《と》びだしてきた。

「あぶないっ！」

ふたりの子《こ》どもは、いきおいあまって、ジャックとアニーにぶつかると、そのままころんでしまった。

「だいじょうぶ？」

ジャックとアニーが手《て》をさしだすと、なんとふたりは、さっきエベッツ球場《きゅうじょう》まで案《あん》内《ない》してくれた、ふたごのきょうだいだった。

とっておきの場《ば》所《しょ》

「ベンに、ベッキー！」アニーがさけんだ。「こんなところで、また会《あ》えるなんて、すごいぐうぜんね」

「ぐうぜんじゃないよ！」ベンがさけんだ。

「わたしたち、ふたりをさがしてたの！」と、ベッキーも言《い》う。

それから、ベンとベッキーは、かわるがわるしゃべりだした。

「おれたち、ベッドフォード通《どお》りに行《い》って、得点板《とくてんばん》の下《した》のすき間《ま》から——」

と、ベンが言《い》いかけると、

「試合《しあい》をのぞいてたの」と、ベッキー。

「ジャックが、バットボーイをするのもね」とベン。

「はじめは、かっこよかった」

「だけど、ファウルボールを追《お》いかけてたら——」

「とつぜん、小《ちい》さくなっちゃった！」

「ボールも、うまく投《な》げられなくて――」

「警備員《けいびいん》に追《お》いかけられたでしょ？」

ジャックは、はずかしくなって、思《おも》わず下《した》をむいた。

「それっきり、出《で》てこなくなったから――」

「さがしに来《き》たの」

「だけど、びっくりだ！」

ベンが、右腕《みぎうで》を思《おも》いきり上《うえ》にのばして言《い》った。

「公園《こうえん》で会《あ》ったとき、ジャックは、こーんなに背《せ》が高《たか》かったのに――」

ベッキーが、ジャックの頭《あたま》の高《たか》さに、手《て》を持《も》ちあげて言《い》った。

「いまは、こんなに小《ちい》さい！」

「アンディは、大《おお》きな男《おとこ》の子《こ》だったのに――」

「いまは、こーんなに小《ちい》さい女《おんな》の子《こ》！」

ベッキーが、おおげさに手《て》を下《さ》げた。

「ちょっとまって！　わたし、そんなに小《ちい》さくないわ」

アニーがもんくを言《い》うと、ふたごのきょうだいは、おなかをかかえて笑《わら》った。

「でも、女《おんな》の子《こ》なのはほんとうよ。これからは、アニーって呼《よ》んでね」

「だけど……どういうこと？」と、ベン。

「急《きゅう》に、変身《へんしん》しちゃって」と、ベッキー。

「うーん……。それを説明《せつめい》するのは、むずかしいなあ」ジャックが言《い》った。

すると、ベンが、両腕《りょううで》を大《おお》きく広《ひろ》げて言《い》った。

「魔法《まほう》みたいだな！」

ジャックは、笑《わら》ってこたえた。

「うん――魔法《まほう》みたいなものだよ」

すると、ベッキーが言《い》った。

「あたしも、魔法《まほう》で男《おとこ》の子《こ》になれたらなあ」

「そうだな」と、ベン。「おれたち、野球《やきゅう》のルールはぜんぶわかってるし……。いつか、いっしょにバットボーイをやりたいなって、言《い》ってるんだ」

「でも、あたしは女《おんな》の子《こ》だから……」

ベッキーは、そこで話題《わだい》を変《か》えた。

「ジャックとアニーは、これからどうするの？」

ジャックは、腕《うで》を組《く》んで、うーんとうなった。

「試合《しあい》がおわったら、することがあるんだけど――」

アニーが引《ひ》きとって言《い》った。

「球場《きゅうじょう》を追《お》いだされちゃったから、試合《しあい》がおわるまで、どこかでまってなきゃいけないの」

それを聞《き》いたとたん、ベンがさけんだ。

「それなら、いいとこがある！」

「うん、ある、ある！」ベッキーもうなずく。

「ほんと？」アニーが言《い》った。

「うん。こっちだよ。ついてきて！」

ふたごは、くるりとうしろをむいて、かけだした。

ふたごのあとについていくと、大《おお》きな通《とお》りに出《で》た。

「ここをわたるよ！」ベンが、通《とお》りのむこう側《がわ》を指《ゆび》さした。

「あぶないから、手《て》をつないで！」ベッキーが言《い》う。

ふたごは、ジャックとアニーの手《て》を取《と》ると、ひっきりなしに行《い》きかう路面電車《ろめんでんしゃ》をよけながら、すいすいとわたった。

通《とお》りをわたりきると、アニーが感心《かんしん》して言《い》った。

「ベンとベッキーは、路面電車《ろめんでんしゃ》をよけるのが、ほんとうにじょうずね」

すると、ふたりが、得意《とくい》げに説明《せつめい》をはじめた。

「ブルックリンの人《ひと》は、みんな、路面電車《ろめんでんしゃ》をよけるのがうまいよ！」

「だから、この町《まち》に野球《やきゅう》チームができたとき――」

「〈トロリー・ドジャース〉っていうニックネームがついたんだ」

「〈路面電車《ろめんでんしゃ》をうまくよける人《ひと》たち〉っていう意味《いみ》よ」

「それが、いまの〈ドジャース〉って名《な》まえになったんだ！」

「へえ！　知《し》らなかったよ！」と、ジャック。

通《とお》りをわたると、ふたごが手《て》まねきして言《い》った。

「近道《ちかみち》があるの。こっちよ！」

四人《よにん》は、パン屋《や》と、くだもの屋《や》と、キャンディショップがならぶ表通《おもてどお》りから、せまい路地《ろじ》へとはいっていった。

車《くるま》のエンジン音《おん》や、クラクションの音《おと》が遠《とお》くなり、それにかわって、あちこちの窓《まど》から、人々《ひとびと》の話《はな》し声《ごえ》や、ラジオの音《おと》が聞《き》こえてきた。

見上《みあ》げると、建物《たてもの》と建物《たてもの》のあいだにわたされたロープに、せんたくものがはためいている。

しばらく行《い》くと、黒人《こくじん》の女《おんな》の子《こ》が数人《すうにん》で、石《いし》けりをしてあそんでいた。

女《おんな》の子《こ》たちは、ベンとベッキーを見《み》つけると、にっこり笑《わら》って手《て》をふった。

「ベン、ベッキー、元気《げんき》？」

「うん、元気《げんき》だよ！」

「その子《こ》たちは？」

「友《とも》だち！」

さらに歩《ある》いていくと、歩道《ほどう》のテーブルでトランプをしている老人《ろうじん》たちがいた。

老人《ろうじん》たちも、ふたごを見《み》ると、手《て》をふって声《こえ》をかけた。

「よお、ベン、ベッキー」

「こんちは！」

「その子《こ》たちは？」

「友《とも》だちよ！」

路地《ろじ》をぬけると、そこは、しずかな住宅街《じゅうたくがい》だった。

街路樹《がいろじゅ》のある歩道《ほどう》にそって、小《ちい》さな家《いえ》が、くっつきあってならんでいる。

どの家《いえ》にも小《ちい》さな庭《にわ》があって、スイセンやチューリップの花《はな》が咲《さ》いていた。

ベンとベッキーは、レンガづくりの家《いえ》のまえで立《た》ちどまった。

「ここだよ！」

「おばあちゃんたちの、うち！」

おばあちゃんたちがついてる！

「おばあちゃんたち、って？」と、アニーがたずねた。

すると、ふたごは、指《ゆび》を折《お》ってかぞえながら、説明《せつめい》をはじめた。

「まず、おれたちのおばあちゃんが、ふたり――」

「大《おお》おばあちゃんが、ふたり――」

「ひいひいおばあちゃんが、ひとり――」

「ぜんぶで、五人《ごにん》のおばあちゃんが、いっしょに住《す》んでるの！」と、ベッキー。

「五人《ごにん》いっしょに？」ジャックが、思《おも》わず聞《き》きかえした。

「いっぺんで、みんなに会《あ》えちゃうなんて、いいわね！」アニーも、目《め》をまるくした。

「ここだと、クッキーやケーキが、すきなだけ食《た》べられるんだ」と、ベン。

「ラジオも、すきなだけ聞《き》かせてくれるの」と、ベッキー。

「でも、ママにいつも言《い》われるんだ」

「おばあちゃんたちが、甘《あま》やかすって」

ふたごは、玄関《げんかん》のドアを開《あ》け、ジャックとアニーをまねき入《い》れた。

奥《おく》のほうから、野球中継《やきゅうちゅうけい》の声《こえ》が聞《き》こえてくる。

キッチンをのぞくと、黒人《こくじん》のおばあさんが四人《よにん》、テーブルのラジオをかこんで、放《ほう》送《そう》に聞《き》きいっていた。

「ブルックリンのエベッツ球場《きゅうじょう》からお送《おく》りしている、ドジャース対《たい》ブレーブスの試合《しあい》。一対一《いちたいいち》の同点《どうてん》で、現在《げんざい》は、五回《ごかい》の裏《うら》、ドジャースの攻撃《こうげき》です」

「一対一《いちたいいち》か。接戦《せっせん》になってるんだな……」ジャックが、つぶやいた。

「ドジャーズは、ノーアウト、ランナー一塁《いちるい》のチャンス。つぎのバッターは、大《だい》リーグ初出場《はつしゅつじょう》、背番号《せばんごう》42、ジャッキー・ロビンソンです！」

「がんばれ、背番号《せばんごう》42。あたしたちがついてるよ！」赤《あか》い服《ふく》のおばあさんがさけんだ。

「ロビンソン、打《う》ちました！　いいあたり！　だが、ショートがとって二塁《にるい》へ投《な》げる。ランナーはアウト！　ボールは、二塁《にるい》から一塁《いちるい》へ！　ロビンソンもアウト！……ロビンソン、大《だい》リーグ初《はつ》ヒットかと思《おも》われましたが、ブレーブスの好《こう》プレーに、またもやはばまれました！　ドジャース、これでツーアウトです」

「あーあ……」

四人《よにん》のおばあさんが、いっせいに天《てん》をあおいだ。

「また、だめか……」

「やっぱり、あの子《こ》が大《だい》リーグでかつやくするのは、むりなのかねえ」

「このまま、クビになったら、どうしよう」

「また、黒人《こくじん》リーグに、もどるはめになったら……」

すると、花柄《はながら》のブラウスを着《き》たおばあさんが言《い》った。

「そんなことないよ！　だいじょうぶ、あの子《こ》はきっとやる！　大《だい》リーグでかつやくして、ヒーローになるさ！　なんてったって、あたしたちがついてるんだから」

しまもようのブラウスのおばあさんも、言《い》った。

「そうだよ！　アメリカじゅうの黒人《こくじん》が、ついてるんだから！」

ふとったおばあさんが、つぶやくように言《い》った。

「それにしても、黒人《こくじん》がたったひとりなんて、つらいだろうねえ」

「そうだねえ。おなじチームの仲間《なかま》ですら、『黒人《こくじん》といっしょは、いやだ』って、もんくを言《い》ってるらしいからね」

「球場《きゅうじょう》の観客《かんきゃく》だって、あたしらみたいに、応援《おうえん》するものばっかりじゃないだろうよ」

「ひどいヤジを飛《と》ばすやつも、いるらしいよ」

「『黒人《こくじん》は出《で》ていけ！』だとか、『奴隷《どれい》の子《こ》のくせに！』だとか」

「そりゃあ、あたしたちの先祖《せんぞ》は、奴隷《どれい》だけどさ——」

「でも、奴隷《どれい》は、とっくのむかしになくなった。いまは、みんな平等《びょうどう》なはずさ」

「なのに、黒人《こくじん》は、いまだに差別《さべつ》される……」

そこで、花柄《はながら》のブラウスのおばあさんが、テーブルをトントンたたいて言《い》った。

「ちょっと、あんたたち、なんの話《はなし》をしてるの。いまは、ジャッキーの応援《おうえん》でしょ？」

「ああ、そうだったわ。——いえね、ジャッキーは、大《だい》リーグでどんなにいじわるされても、ぜったいやりかえさないとこがすごい、って、言《い》いたかったのよ」

「そこが、あの子《こ》のえらいところだね」

「オープン戦《せん》でも、わざとボールをぶつけられたり、足《あし》をふまれたりしたそうじゃないか」

「それでも、ぜったい、やりかえさなかったんだって」

「もし一度《いちど》でもやりかえせば、『ほら見《み》ろ、やっぱり黒人《こくじん》は野蛮《やばん》だ』って言《い》われるからね」

「ほんとに、よくがまんしてるよ」

そこで、花柄《はながら》の服《ふく》のおばあさんが、くちびるに指《ゆび》をあてて言《い》った。

「しーっ、しずかに！　もうすぐ、ジャッキーの出番《でばん》だよ」

とたんに、おしゃべりが、ぴたりとやんだ。

ラジオから、アナウンサーの声《こえ》がひびく。

「現在《げんざい》、三対二《さんたいに》で、ブレーブスが一点《いってん》リードしています。七回裏《ななかいうら》、ドジャースの攻撃《こうげき》は、スタンキーがフォアボールで一塁《いちるい》にいます。つぎのバッターは背番号《せばんごう》42のジャッキー・ロビンソン。いまのところ、ヒットはありません……」

「がんばれ、ジャッキー……!!」

ラジオにむかって、おいのりをするおばあさんもいる。

「ロビンソン、かまえました。あっ、送《おく》りバント！　ロビンソン、一塁《いちるい》へ走《はし》る！　ボ

ールは一塁線上《いちるいせんじょう》に。一塁手《いちるいしゅ》がまえに出《で》る。ボールをとって——一塁《いちるい》カバーにはいった
ピッチャーに投《な》げる。……おおっと、これは悪送球《あくそうきゅう》！　ボールは外野《がいや》へころがってい
く！　そのすきに、スタンキーは、三塁《さんるい》へ！　ロビンソンは、一塁《いちるい》をけって、二塁《にるい》へ
走《はし》る！」

「きゃ——っ！」

おばあさんたちは、飛《と》びあがって、手《て》をたたいた。

「ドジャース、ノーアウト二塁三塁《にるいさんるい》です！　つづいてバッターは、ライザー」

「ライザー、たのむよ。ジャッキーをホームインさせとくれ！」

みんなは、かたずをのんで、アナウンサーの実況中継《じっきょうちゅうけい》をまった。

「ライザー、バットをかまえて——打《う》ったあ！　これは大《おお》きい！　いま、スタンキーが、三塁《さんるい》からホームイン！　三対三《さんたいさん》の同点《どうてん》だ！」

「ジャッキーは!?」

「ジャッキー・ロビンソンも、三塁《さんるい》をまわって、本塁《ほんるい》へむかいます！　ボールも本塁《ほんるい》に帰《かえ》る！　さあ、どっちがはやい!?」

気《き》がつくと、ベッキーは、ジャックの手《て》を、ベンはアニーの手《て》を、ぎゅっとにぎっていた。

「ロビンソン、セーフ!!」

「セーフ！」「セーフ！」「セーフ!!」

おばあさんたちも、いっせいにくりかえした。

「背番号《せばんごう》42のジャッキー・ロビンソン、逆転《ぎゃくてん》のホームイン！　いまこの瞬間《しゅんかん》、大《だい》リーグの歴史《れきし》に、あらたな一《いち》ページをきざみました！」

「よかった、よかった！」

「ジャッキー、よくやったわ！」

「これで、ジャッキーも、りっぱな大《だい》リーガーだよ！」

「あら、あんた、泣《な》いてるの？」

「だって……うれしいじゃない」

おばあさんは、ハンカチを取《と》ろうと、うしろを向《む》いた。

そのとき、キッチンの入口《いりぐち》に立《た》っている、四人《よにん》の子《こ》どもたちに気《き》づいた。

「おや！　ベンとベッキー、来《き》てたのかい？」

おばあさんたちは、ジャックとアニーを見《み》て、おどろいた表情《ひょうじょう》をうかべた。

「その子《こ》たちは？」

「友《とも》だちだよ」と、ベン。

「ジャックと、アニーっていうの」と、ベッキー。

「今日《きょう》、エベッツ球場《きゅうじょう》に、バットボーイをしに来《き》たんだ」

すると、ひとりのおばあさんが口《くち》をはさんだ。

「まだ、バットボーイができる年《とし》じゃないだろう？」

ジャックとアニーが、どう説明《せつめい》しようかとまよっていると、花柄《はながら》の服《ふく》のおばあさんが、にっこり笑《わら》って言《い》った。

「まあ、そんなことはどうでもいいわ。ジャック、アニー、よく来《き》たね。さあさあ、こっちへおはいり！」

おばあさんたちは、四人《よにん》を、キッチンの中《なか》へまねき入《い》れた。

ふとったおばあさんが、クッキーの皿《さら》を取《と》って、ジャックたちにさしだした。

「焼《や》きたてのチョコチップクッキーよ。おあがり」

「いただきます」

ジャックとアニーは、さくさくのクッキーを、一《いち》まいずつ取《と》って食《た》べた。

おばあさんは、クッキーの皿《さら》を持《も》ったまま、ジャックとアニーを、にこにこ笑《わら》って見《み》つめた。

「もうなん十年《じゅうねん》も、ここに住《す》んでいるけど、この家《いえ》に白人《はくじん》が来《き》たのは、あんたらがはじめてよ」

「えっ、ほんとう?」アニーが、びっくりして言《い》った。

すると、べつのおばあさんが、笑《わら》って言《い》った。

「最初《さいしょ》は、ちょっとびっくりしたけどね。もう、これからは、だれがうちに来《き》ても、おどろかないよ」

それを受《う》けて、花柄《はながら》の服《ふく》のおばあさんが言《い》った。

「ほほほ。そうね! さあさあ、えんりょしないで、クッキーを、すきなだけお食《た》べ」

それから、四人《よにん》のおばあさんたちは、またラジオに聞《き》きいった。

サインボール

アナウンサーの声《こえ》が流《なが》れる。

「ラジオをお聞《き》きのみなさま、大《だい》リーグのシーズン開幕《かいまく》を飾《かざ》った、ドジャース対《たい》ブレーブスの試合《しあい》は、いま、五対三《ごたいさん》で、ドジャースの勝利《しょうり》におわりました……」

キッチンでは、大《おお》きな拍手《はくしゅ》がおこった。みな、ほっとした笑顔《えがお》をうかべている。

アニーが、ジャックに小声《こごえ》でささやいた。

「お兄《にい》ちゃん、あのボールをあげるのは……審判《しんぱん》じゃなくても、いいんじゃない？」

ジャックは、モーガンのメッセージを、頭《あたま》の中《なか》に思《おも》いうかべた。

試合《しあい》がおわったら
野球《やきゅう》のほんとうのルールを
知《し》る人《ひと》に会《あ》うでしょう
その人《ひと》に、落《お》ちてきたボールをあげなさい

ジャックは、キッチンを見《み》まわした。

そういえば、四人《よにん》のおばあさんたちも、野球《やきゅう》のことをよく知《し》っているし、ベンとベッキーも、野球《やきゅう》のルールはぜんぶ知《し》っていると言《い》っていた……。

ジャックとアニーは、目《め》くばせをして、ボールを、ふたごのきょうだいにあげることにした。

ジャックは、リュックから、庭《にわ》でひろったボールをとりだすと、ベンとベッキーにさしだした。

「これ、きみたちにあげるよ。今日一日《きょういちにち》、すごく親切《しんせつ》にしてもらったお礼《れい》だ」

ふたごは、ぽかんとして、ボールを見《み》た。

「いらないよ」と、ベン。

「ジャックが、記念《きねん》に持《も》ってれば？」と、ベッキーも言《い》う。

ジャックがこまっていると、ふたごが言《い》った。

「だって、おれたち、ボールいっぱい持《も》ってるから」

「うん、いっぱい」

「そうなの？　どうして？」と、アニーがたずねた。

「ベッドフォード通《どお》りで、球場《きゅうじょう》をのぞいてるとさ——」

「たまにボールが飛《と》んでくるの」

「それをひろって、集《あつ》めてるんだ！」

「見《み》せてあげよっか。こっち！」

ふたりは、ジャックとアニーを、となりの部屋《へや》へつれていった。

部屋《へや》はうす暗《ぐら》かったが、花《はな》のいいかおりがした。

目《め》が慣《な》れてくると、ゆったりしたロッキングチェアに、だれかがすわっているのが見《み》えた。

ベンが、テーブルの上《うえ》の明《あ》かりをつけた。

ロッキングチェアにすわっていたのは、見《み》たことがないほど年《とし》をとった、黒人《こくじん》のおばあさんだった。

ベッキーが、ジャックたちにむかって言《い》った。

「あたしたちの、ひいひいおばあちゃんよ。いま、百一歳《ひゃくいっさい》なの」

ベンが、部屋《へや》のすみを指《ゆび》さして、ささやくように言《い》った。

「ボールは、あそこ」

見《み》ると、床《ゆか》の上《うえ》に、ボールがはいった大《おお》きなバスケットがおかれている。

「ここなら、だれも持《も》っていかないから」と、ベッキー。

そのとき、かぼそい声《こえ》がした。

「――だれか、いるのかい？」

ベッキーが、おばあさんのそばへ行《い》き、耳《みみ》もとで話《はな》しかけた。

「ベックおばあちゃん、ベッキーよ。――ごめん。起《お》こしちゃった？」

「いや、目《め》をつぶっていただけだよ」と、おばあさんがこたえた。

つづいて、ベンも、おばあさんの耳《みみ》もとに顔《かお》を近《ちか》づけて、言《い》った。

「おばあちゃん、友《とも》だちをつれてきたんだ。ジャックとアニーだよ」

ベックおばあさんが、ゆっくりと目《め》を開《あ》けた。

「おやまあ……いらっしゃい」

そう言《い》うと、しわだらけの顔《かお》でにっこり笑《わら》った。その笑顔《えがお》は、子《こ》どものようにかわいらしかった。

「ふたりとも、今日《きょう》の試合《しあい》で、バットボーイをしてたんだ」と、ベン。

すると、ベックおばあさんは、うれしそうに笑《わら》って言《い》った。

「ああ……ジャッキーがデビューした試合《しあい》だね？」

ジャックはおどろいた。このおばあさんは、ほとんど眠《ねむ》っているように見《み》えるのに、まわりのことを、ちゃんとわかっているのだ。

おばあさんは、ジャックとアニーに言《い》った。

「すまないけど、近《ちか》くによっておくれ。耳《みみ》が遠《とお》いんでね」

「はい」

ふたりは、ベックおばあさんのまえに進《すす》みでた。

おばあさんが、たずねた。

「ジャッキー・ロビンソンは……がんばったかい？」

ジャックがこたえた。

「はい。それで、ドジャースが勝《か》ちました」

「観客《かんきゃく》はどうだった？　みんな、ジャッキーを応援《おうえん》していたかい？」

「え、あ、はい……」ジャックは、思《おも》わず目《め》をそらした。すると――

「黒人選手《こくじんせんしゅ》をきらう人《ひと》も、いただろう？」

おばあさんはそう言《い》って、やさしい目《め》でジャックを見《み》つめた。

ジャックは、おばあさんにはほんとうのことを言《い》おう、と思《おも》った。

「はい。いじわるなヤジを飛《と》ばす人《ひと》も、いました」

「そうだろうね……。そのとき、ジャッキーはどうした？」

「ただ胸《むね》をはって、堂々《どうどう》としていました」

ベックおばあさんは、こっくりとうなずいた。

「そうだろうとも。ジャッキーには、野球選手《やきゅうせんしゅ》としての誇《ほこ》りがある。だから、よいプレーをすることしか、考《かんが》えていないんだよ。つまらないヤジに、まどわされることなく、ね」

ジャックは、グラウンドで、頭《あたま》をあげてまっすぐに立《た》つ、ジャッキー・ロビンソンの姿《すがた》を思《おも》いだした。

ベックおばあさんは、しずかな声《こえ》で、話《はな》しつづけた。

「わたしのおとうさんと、おかあさんはね……奴隷《どれい》だったの」

ジャックとアニーは、はっとして顔《かお》を見《み》あわせた。

「わたしは、奴隷《どれい》の子《こ》として生《う》まれたけど、十歳《じっさい》のときに解放《かいほう》されて、自由民《じゆうみん》になった——。あれから、もうなん十年《じゅうねん》もたつのに、黒人《こくじん》は、まだまだ差別《さべつ》されることがおおい」

ジャックは、思《おも》わず視線《しせん》を落《お》とした。

「でも、すこしずつ、よくなってきているよ。これまでは、能力《のうりょく》があってもなかなかチャンスがあたえられなかったけどね。スポーツは、そんな状況《じょうきょう》を変《か》えるのに、うってつけよ。ジャッキー・ロビンソンは、それを証明《しょうめい》しようとしているんだ」

ベックおばあさんは、大《おお》きく息《いき》をつくと、つづけた。

「野球《やきゅう》は、この国《くに》で生《う》まれたスポーツ——自由《じゆう》と平等《びょうどう》の国《くに》、アメリカでね。だから、そこで人種差別《じんしゅさべつ》なんて、あっちゃいけないんだよ。野球《やきゅう》は、黒人《こくじん》でも、白人《はくじん》でも、どんな肌《はだ》の色《いろ》の人間《にんげん》でも……男《おとこ》でも、女《おんな》でも……子《こ》どもでも、年《とし》よりでも……だれでも

たのしめるスポーツでなくちゃ。……それが、野球《やきゅう》のルールってもんでしょ？」

そのとき、ジャックの頭《あたま》の中《なか》に、モーガンのことばがうかんだ。

『野球《やきゅう》のほんとうのルールを知《し》る人《ひと》』

「お兄《にい》ちゃん、見《み》て！」

アニーが、ジャックの手《て》の中《なか》にあるボールを、指《ゆび》さした。

見《み》ると、白《しろ》い革《かわ》の表面《ひょうめん》に、ていねいな筆記体《ひっきたい》のサインが、くっきりとうかびあがっていた。

「それ、ジャッキー・ロビンソンのサインボールだ！」

ベンとベッキーも、歓声《かんせい》をあげた。

Jackie Robinson
（ジャッキー・ロビンソン）

ジャックが言《い》った。

「ぼくたち、このボールを、**野球《やきゅう》のほんとうのルールを知《し》っている人《ひと》に、あげること**になってたんだ」

アニーがつづけた。

「わたしたち、ずっと、それは審判《しんぱん》だと思《おも》いこんでたの」

「そうじゃなかったの？」と、ベン。

「そうじゃなかったのね？」と、ベッキー。

「うん」ジャックが、うなずいた。

「その人《ひと》は、ここにいたの」

アニーが、ジャックからボールを受《う》けとると、ベックおばあさんのそばへ行《い》き、その手《て》ににぎらせた。

おばあさんは、手《て》の中《なか》のボールを見《み》つめた。

「ジャッキーのサインボールを、わたしにくれるのかい？　ありがとう。わたしより年《とし》よりのジャッキー・ファンはいないだろうね」

ベックおばあさんは、にっこり笑《わら》って、しずかに目《め》を閉《と》じた。

ジャックたちは、たがいに目《め》くばせすると、足音《あしおと》をしのばせて、部屋《へや》を出《で》た。

ろうかに出《で》ると、ジャックとアニーは、ベンとベッキーに、あらためてお礼《れい》を言《い》った。

「ベックおばあさんに会《あ》わせてくれて、どうもありがとう」

「あなたたちのひいひいおばあさんは、ほんとうにすごい人《ひと》ね」

ふたごは、うれしそうにうなずいた。

「ベックおばあちゃん、すごいだろう？」とベン。

「なんでも知《し》ってるし、なんでもわかってるの」とベッキー。

アニーが、両手《りょうて》を広《ひろ》げて言《い》った。

「ここのおばあさんたち、みんな最高《さいこう》よ！」

ジャックが言《い》った。

「いろいろありがとう。きみたちに会《あ》えて、ほんとうによかった」

「たのしかったわ。それに、たくさん助《たす》けてもらった」

「おれたちも、たのしかった！」と、ベン。

「たのしかった！」と、四人《よにん》のおばあさんたちが、テーブルにクッキーと紅茶《こうちゃ》を出《だ》して、おしゃべりに花《はな》を咲《さ》かせていた。

ベッキーも言《い》った。

ベッキーが、キッチンの外《そと》から声《こえ》をかけた。

「おばあちゃんたち、ジャックとアニーは、もう帰《かえ》るんだって」

「おや、もう？」花柄《はながら》の服《ふく》のおばあさんが、立《た》ちあがった。

ほかのおばあさんたちも立《た》ちあがって、ジャックとアニーを、かわるがわる抱《だ》きしめた。

「いっしょにラジオを聞《き》かせてくださって、ありがとうございました」

ジャックが言《い》うと、アニーも、お礼《れい》を言《い》った。

「クッキー、ごちそうさまでした。とってもおいしかったです」

「こちらこそ、あそびに来《き》てくれて、ありがとうね」

「帰《かえ》り道《みち》は気《き》をつけてね」

「路面電車《ろめんでんしゃ》の運転《うんてん》はあらっぽいから」

「またエベッツ球場《きゅうじょう》に来《き》たら、ここへよってちょうだいね」

四人《よにん》のおばあさんは、口々《くちぐち》に言《い》うと、またキッチンの中《なか》へもどっていった。

ベンとベッキーが、玄関《げんかん》の外《そと》まで送《おく》ってくれた。

ベッキーが、路地《ろじ》の角《かど》を指《ゆび》さして言《い》った。

「あの角《かど》を左《ひだり》に曲《ま》がって、そのまま、ずっとまっすぐ行《い》けば――」

「あの公園《こうえん》に着《つ》くよ」と、ベン。

「わかった。ありがとう」

「元気《げんき》でね」

「またね」

四人《よにん》は、別《わか》れのことばをかわした。

それから、ジャックとアニーは、ふたごがおしえてくれた角《かど》にむかって、歩《ある》きだした。

なくした帽子《ぼうし》

ブルックリンの町《まち》に、夕暮《ゆうぐ》れがせまっていた。

公園《こうえん》にむかって歩《ある》きながら、ジャックがふと言《い》った。

「ねえ、アニー。ぼくたちが、エベッツ球場《きゅうじょう》で学《まな》ぶはずだった、**だいじなこと**って、なんだったと思《おも》う？」

「はじめは、名選手《めいせんしゅ》になるコツみたいなことかと思《おも》ったけど」

「そうじゃなかったね」

「そうじゃなかったわ」

「バットボーイの仕事《しごと》のことは、よくわかったけど、それでもないよね」

「それでもないと思《おも》う……。でも、ジャッキー・ロビンソンのサインボールを、ベックおばあさんにわたすことができたから、わたしたち、任務《にんむ》ははたせたと思《おも》うわ」

「ベックおばあさん……すごいよね。なんでもよく知《し》ってて……」

「ほかのおばあさんたちもよ」

「おばあさんたちはみんな、ジャッキー・ロビンソンのことを、自分《じぶん》の息子《むすこ》みたいに言《い》ってたね」

「きっと、ほんとうに、そう思《おも》ってるのよ」

やがて、交差点《こうさてん》の角《かど》に立《た》つ、新聞売《しんぶんう》りの屋台《やたい》が見《み》えてきた。

「公園《こうえん》の入口《いりぐち》は、あのむこうよ」と、アニー。

公園《こうえん》にはいり、散歩道《さんぽみち》を進《すす》む。もうだれもあそんでいない。

木立《こだち》の中《なか》に、マジック・ツリーハウスがあった。

なわばしごをのぼりながら、アニーが言《い》った。

「ロビンソン選手《せんしゅ》は、このあとも、大《だい》リーグでかつやくできるのかしら」

「さあ、どうだろう」

先《さき》にツリーハウスにはいったアニーが、歓声《かんせい》をあげた。

「お兄《にい》ちゃん、あれ！」

見《み》ると、床《ゆか》の上《うえ》に、青《あお》い野球帽《やきゅうぼう》がふたつ、おかれていた。

「観客《かんきゃく》の男《おとこ》の子《こ》に持《も》っていかれた、ぼくの帽子《ぼうし》だ！」

「わたしのは、ウォーカーさんに、取《と》られちゃったのよ」

「モーガンが、とりかえしてくれたんだ！」

ジャックは、帽子《ぼうし》をかぶってみた。

だが、なにもおこらなかった。

ジャックは、なんだかおかしくなって、笑《わら》いながら言《い》った。

「もう一度《いちど》、達人《たつじん》バットボーイになれるかなって、ちょっと期待《きたい》したんだけど」

アニーも、笑《わら》って言《い》った。

「バットボーイの仕事《しごと》は、いつかまた、やってみたいわ！」

「そうだね」

ジャックは、リュックから『野球《やきゅう》の歴史《れきし》』の本《ほん》を出《だ》し、「ジャッキー・ロビンソン」と書《か》かれたページを開《ひら》いた。


ジャッキー・ロビンソンは、子《こ》どものころからスポーツが得意《とくい》で、高校《こうこう》と大学《だいがく》では、アメリカンフットボール、バスケットボール、陸上競技《りくじょうきょうぎ》、野球《やきゅう》で大《だい》かつやくしました。

「すごい。野球《やきゅう》だけじゃなかったのね」と、アニー。

一九四一年《ねん》に太平洋戦争《たいへいようせんそう》がはじまると、ロビンソンはアメリカ軍《ぐん》にはいり、将校《しょうこう》になりました。しかし、黒人《こくじん》であることを理由《りゆう》に、不公平《ふこうへい》なあつかいを受《う》けることがありました。

戦争《せんそう》のあと、ロビンソンは、黒人《こくじん》のプロ野球《やきゅう》リーグ〈ニグロリーグ〉のチームに入団《にゅうだん》しました。ニグロリーグというのは、大《だい》リーグやマイナーリーグに参加《さんか》できない黒人《こくじん》のために生《う》まれた、プロ野球《やきゅう》チームのリーグです。

「ベンとベッキーのおばあさんたちが言《い》ってた〈黒人《こくじん》リーグ〉のことね」とアニー。
「ということは、黒人《こくじん》の野球選手《やきゅうせんしゅ》は、ほかにもおおぜいいたんだね」
ジャックは、先《さき》を読《よ》みすすんだ。

一九四五年《ねん》、ロビンソンは、ブルックリン・ドジャースのオーナー、ブランチ・リッキーから、さそいを受《う》けました。リッキーは、「大《だい》リーグでプレーすれば、黒人《こくじん》が交《ま》じることをきらう人々《ひとびと》から、いじわるをされたり、ひどいことばをあびせられたりするだろう。だが、けっしてやりかえさない勇気《ゆうき》をもて」と、ロビンソンをさとしました。このとき、ロビンソンは、「なにをされても、けっしてやりかえさない」とやくそくします。

ロビンソンは、一年間《いちねんかん》、マイナーリーグに参加《さんか》したあと、一九四七年《ねん》四月《がつ》十五日《にち》、大《だい》リーグのシーズン開幕戦《かいまくせん》に、ブルックリン・ドジャースの先発《せんぱつ》メンバーとして出場《しゅつじょう》しました。

「今日《きょう》の試合《しあい》のことよ！」アニーが、身《み》を乗《の》りだした。

「それから、どうなるの？」

「順番《じゅんばん》に読《よ》むから、落《お》ちついて聞《き》いて」

ジャックは、つづきを読《よ》んだ。

このシーズン中《ちゅう》、ロビンソンは、観客《かんきゃく》から心《こころ》ないヤジを飛《と》ばされ、試合中《しあいちゅう》も、ピッチャーにボールをぶつけられたり、スパイクで足《あし》をふまれたりしましたが、リッキーとのやくそくをまもり、抗議《こうぎ》をしたり、やりかえしたりすることはありませんでした。
こうして、ロビンソンは、大《だい》リーグに残《のこ》っていた人種差別《じんしゅさべつ》と無言《むごん》でたたかいながら、すばらしいプレーで、チームの勝利《しょうり》に貢献《こうけん》し、しだいに周囲《しゅうい》の信頼《しんらい》を得《え》ていきました。
そして、おなじ年《とし》の九月《がつ》十七日《にち》、この試合《しあい》に勝《か》てば、ドジャースのリーグ優勝《ゆうしょう》が決《き》まるという、対《たい》パイレーツ戦《せん》で——

「その試合《しあい》で、なにがおこったの？　ああ、その試合《しあい》を、この目《め》で見《み》られたらいいのに……！」

アニーが、そう言《い》ったときだった。

ゴオォォォ――――ツ！

どこからか、地《じ》ひびきのような音《おと》が聞《き》こえてきた。

「お兄《にい》ちゃん！　そ、外《そと》を見《み》て！」

ジャックが窓《まど》の外《そと》を見《み》ると、公園《こうえん》の芝生《しばふ》の上《うえ》で、大《おお》きなつむじ風《かぜ》がうずを巻《ま》いていた。

その風《かぜ》が、こちらに向《む》かって、猛《もう》スピードで進《すす》んでくる。

「ど、どうしよう！　逃《に》げられない！　うわあぁぁぁ――っ！」

一瞬《いっしゅん》のうちに、ツリーハウスは、つむじ風《かぜ》に巻《ま》きこまれた。

上《うえ》も下《した》も、右《みぎ》も左《ひだり》もわからない。

大《おお》きなうずの中《なか》を、ジャックとアニーは、ツリーハウスといっしょに飛《と》ばされていった。

バットを高《たか》くかまえて

大《おお》きな歓声《かんせい》が聞《き》こえる。

目《め》を開《あ》けたジャックは、びっくりして、なんども目《め》をこすった。

「お兄《にい》ちゃん！」

そこは、大《おお》きな野球場《やきゅうじょう》の観客席《かんきゃくせき》だった。

となりに、とまどった表情《ひょうじょう》のアニーがいる。

「いったい、なにがおこったんだ？」

「わたしたち、ツリーハウスの中《なか》で、『野球《やきゅう》の歴史《れきし》』を読《よ》んでいたら、とつぜん、ものすごいつむじ風《かぜ》がおこって、飛《と》ばされたのよ。気《き》がついたら、ここに……」

ジャックも思《おも》いだした。

「そうだ。本《ほん》でジャッキー・ロビンソンのことを調《しら》べていて、『この試合《しあい》に勝《か》てば、ドジャースのリーグ優勝《ゆうしょう》が決《き》まるという、対《たい》パイレーツ戦《せん》で』まで、読《よ》んだ気《き》がする」

「そういえば、わたし、『その試合《しあい》を、この目《め》で見《み》られたらいいのに……』って言《い》ったわ。もしかしたら、それでここへ……？」

ジャックは、バットボーイのユニフォームを着《き》ていることに気《き》づき、あわてて、まわりを見《み》まわした。

だが、まわりの観客《かんきゃく》たちは、グラウンドで行《おこな》われている試合《しあい》に夢中《むちゅう》で、ジャックたちを気《き》にするようすはない。

「魔法《まほう》の帽子《ぼうし》をかぶっているのに、ぼくたち、バットボーイに見《み》えてないのかな」

すると、アニーが言《い》った。

「この帽子《ぼうし》の魔法《まほう》は、なにかの達人《たつじん》になれる魔法《まほう》で、それはきっと、バットボーイとはかぎらないのよ」

「じゃあ、ぼくたち、こんどは、なんの達人《たつじん》になったんだろう？」

アニーが、考《かんが》えながらこたえた。

「野球観戦《やきゅうかんせん》の達人《たつじん》じゃない？」

「そんなのあるかなあ……」

とつぜん、大《おお》きな歓声《かんせい》と拍手《はくしゅ》がおこった。

「お兄《にい》ちゃん、ジャッキー・ロビンソン選手《せんしゅ》よ！」

グラウンドを見《み》ると、背番号《せばんごう》42をつけた黒人選手《こくじんせんしゅ》が、いままさにバッターボックスにはいろうとしていた。

場内《じょうない》アナウンスの声《こえ》が、球場内《きゅうじょうない》にひびいた。

「ジャッキー・ロビンソン、手《て》に砂《すな》をこすりつけ、バットをにぎりしめて、バッターボックスにはいりました。……パイレーツのピッチャーは、オスターミューラー。今《こん》シーズンはじめ、この選手《せんしゅ》が投《な》げたボールが、ロビンソンの頭《あたま》を直撃《ちょくげき》するアクシデントがあり、さわぎになりました……」

そのとき、すぐ横《よこ》の席《せき》から、大《おお》きな声援《せいえん》が飛《と》んだ。

「ジャッキー！　がんばって！」

見《み》ると、白人《はくじん》の女性《じょせい》だった。

「かっ飛《と》ばせー！」これも、白人《はくじん》の男性《だんせい》だ。

「ピッチャー、投《な》げました！　おっと、あきらかなボール！」

「いいぞ！　えらんでいけ！」

また、ジャッキーを応援《おうえん》する声《こえ》。

「第二球《だいにきゅう》、投《な》げました！　ツーボール！　これは、どうやら、ボール球《だま》で、ロビンソンをいらだたせる作戦《さくせん》のようです」

「それじゃ、ジャッキーが打《う》てないじゃないか！」

スタンドから、声《こえ》が飛《と》ぶ。

「オスターミューラー、慎重《しんちょう》に……投《な》げました！　なんと、スリーボール」

「どまん中《なか》に、投《な》げろ！」

「ジャッキーと勝負《しょうぶ》しろ！」

みんなの声援《せいえん》が、ジャッキー・ロビンソンをあと押《お》ししている。

場内《じょうない》アナウンスの声《こえ》がはいった。

「ジャッキー・ロビンソン、バットを高《たか》くかまえる……。ピッチャーのオスターミューラー、ふりかぶって第四球《だいよんきゅう》を……投《な》げました！」

カキーン！

「ジャッキー・ロビンソン、バットをふりぬいた！　レフトへの打球《だきゅう》、これは大《おお》きい！　レフトのキナー、下《さ》がる、下《さ》がる……」

球場《きゅうじょう》じゅうの観客《かんきゃく》が、身《み》を乗《の》りだして、ボールのゆくえを目《め》で追《お》った。

「はいったあ！　ホームラン!!」

その声《こえ》と同時《どうじ》に、観客《かんきゃく》は、いっせいに立《た》ちあがった。

「ロビンソン、やりました！」

アナウンサーの声《こえ》も、うわずっている。

球場《きゅうじょう》を埋《う》めたなん万人《まんにん》もの観客《かんきゃく》が、ひとつになったかのようだった。ドジャースのファンも、パイレーツのファンも、すべての観客《かんきゃく》が、ジャッキー・ロビンソンに、おしみない拍手《はくしゅ》と声援《せいえん》を送《おく》っている。

「ロビンソン、ゆっくりと三塁《さんるい》をまわって……いま、ホームイン！」

ダッグアウトにもどっていくジャッキー・ロビンソンを、ドジャースのチームメイトが、手《て》をさしのべて祝福《しゅくふく》している。

観客《かんきゃく》の拍手《はくしゅ》は、鳴《な》りやまない。

ジャッキー・ロビンソンは、ダッグアウトにはいりかけたところで、立《た》ちどまってふりかえり、帽子《ぼうし》をとって、満場《まんじょう》の声援《せいえん》にこたえた。

みんなといっしょに拍手《はくしゅ》を送《おく》りながら、アニーが言《い》った。

「ジャッキー・ロビンソンは、もう、〝ただひとり〟じゃなくなったのね」

「うん！　みんなのジャッキーになったんだ……」と、ジャックも言《い》った。

「なんだか、涙《なみだ》が出《で》そう」

「ぼくもだ」

ジャッキー・ロビンソンは、みとめられたのだ――チームメイトに、観客《かんきゃく》に、そして、アメリカじゅうの野球《やきゅう》ファンに……。

その長《なが》い道《みち》のりを思《おも》うと、ジャックも胸《むね》があつくなった。

だいじなこと

ふと気《き》がつくと、ジャックは、マジック・ツリーハウスにもどっていた。

となりを見《み》ると、アニーが、目《め》に涙《なみだ》をためてすわっている。

「すごいホームランだった……」アニーが言《い》った。

観客席《かんきゃくせき》の興奮《こうふん》を思《おも》いだしながら、ジャックが言《い》った。

「あの試合《しあい》が見《み》られて、ほんとうによかった。アニーが『見《み》てみたい』って、言《い》ってくれたからだよ。ありがとう」

「そうそう、お兄《にい》ちゃんが、本《ほん》を読《よ》んでいるとちゅうだったのよね！　それで、ジャッキー・ロビンソンは、そのあとどうなったの？」

ジャックは、本《ほん》のつづきを読《よ》んだ。


そして、おなじ年《とし》の九月《がつ》十七日《にち》、この試合《しあい》に勝《か》てば、ドジャースのリーグ優勝《ゆうしょう》が決《き》まるという、対《たい》パイレーツ戦《せん》で、ジャッキー・ロビンソンは、ホームランを打《う》つなど大《だい》かつやくし、ドジャースを優勝《ゆうしょう》にみちびきました。

ジャッキー・ロビンソンは、このシーズン中《ちゅう》、ドジャースのメンバーとして百五《ひゃくご》十一試合《じゅういちしあい》に出場《しゅつじょう》。打率二割九分七厘《だりつにわりきゅうぶななりん》、ヒット百七十五本《ひゃくななじゅうごほん》、そのうち、二塁打三十《にるいださんじゅう》一本《いっぽん》、三塁打五本《さんるいだごほん》、ホームラン十二本《じゅうにほん》を記録《きろく》しました。

とくに、ロビンソンの盗塁《とうるい》はみごとで、シーズン中二十九回《ちゅうにじゅうきゅうかい》の盗塁《とうるい》をこころみ、すべてに成功《せいこう》しました。

これらのかつやくにより、ロビンソンは、この年《とし》、大《だい》リーグの〈新人王《しんじんおう》〉にえらばれるという栄誉《えいよ》にかがやきました。

「すごいわ……。四月《がつ》のエベッツ球場《きゅうじょう》では、想像《そうぞう》もできなかったけど……」

アニーがつぶやいた。

また、偏見《へんけん》や差別《さべつ》に屈《くっ》せず、堂々《どうどう》とした態度《たいど》でプレーするロビンソンの姿《すがた》は、野《や》球《きゅう》を愛《あい》するおおくの人々《ひとびと》の心《こころ》をつかみました。

すばらしい能力《のうりょく》をもち、まじめに努力《どりょく》しているのに、白人《はくじん》でないという理由《りゆう》で差《さ》別《べつ》するのはまちがいだということに、人々《ひとびと》は気《き》づいたのです。

それ以後《いご》は、おおくの黒人選手《こくじんせんしゅ》が、大《だい》リーグに採用《さいよう》されました。

こうして、白人以外《はくじんいがい》の選手《せんしゅ》も、実力《じつりょく》でかつやくできる大《だい》リーグへと、歴史《れきし》は大《おお》きく変《か》わったのです。


「だから、あの日《ひ》は、『野球《やきゅう》の歴史《れきし》が変《か》わった日《ひ》』だったんだ」

ジャックが、しみじみと言《い》った。


一九六二年《ねん》、ジャッキー・ロビンソンは、野球界《やきゅうかい》に大《おお》きな貢献《こうけん》をした人《ひと》をたたえる〈野球殿堂《やきゅうでんどう》〉入《い》りをはたしました。そして、一九七二年《ねん》にこの世《よ》を去《さ》ったあとも、野球界《やきゅうかい》はロビンソンの功績《こうせき》をたたえつづけました。

ロビンソンの大《だい》リーグ初出場《はつしゅつじょう》から五十年《ごじゅうねん》たった一九九七年《ねん》、ロビンソンの背番号《せばんごう》42は、すべての球団《きゅうだん》で永久欠番《えいきゅうけつばん》となり、だれも、あらたにこの番号《ばんごう》をつけることはできなくなりました。

さらに、一九四七年《ねん》の大《だい》リーグ初出場《はつしゅつじょう》を記念《きねん》して、四月《がつ》十五日《にち》は「ジャッキー・ロビンソン・デー」と定《さだ》められました。

毎年《まいとし》この日《ひ》だけは、試合《しあい》のある大《だい》リーグの全選手《ぜんせんしゅ》、監督《かんとく》、審判《しんぱん》すべてが、背番号《せばんごう》42をつけたユニフォームを着《き》て、試合《しあい》にのぞみます。


ジャックは本《ほん》を閉《と》じて言《い》った。

「アニー。ぐずぐずしてはいられないよ。はやく、フロッグクリークに帰《かえ》ろう」

「とつぜん、どうしたの？」

「〈リトル・フロッグクリーク〉の入団《にゅうだん》テストを受《う》けに行《い》かなくちゃ」

「笑《わら》われるから、やめるんじゃなかったの？」

「そんなことで、あきらめちゃいけないって、わかったんだ。**ほかの人《ひと》がなんと言《い》おうと、自分《じぶん》がベストをつくせばいいんだ**、ってね」

「もしかして、わたしたちが**学《まな》ぶべきだいじなこと**って、それだったんじゃない!?」

「うん、そうかもしれないね」

ほかの人《ひと》がなんと言《い》おうと、自分《じぶん》がベストをつくせばいい。

そう思《おも》うだけで、ジャックは気《き》がらくになった。それまで胸《むね》につかえていたことが消《き》えてなくなり、すがすがしい気《き》もちで、ペンシルベニア州《しゅう》のガイドブックを手《て》に取《と》った。

「じゃあ、帰《かえ》ろう」

ジャックは、フロッグクリークの森《もり》の写真《しゃしん》に指《ゆび》をおいて言《い》った。

「ここへ、帰《かえ》りたい！」

強風《きょうふう》がふき、ツリーハウスがまわりはじめた。

回転《かいてん》は、どんどんはやくなる。

ジャックは思《おも》わず目《め》をつぶった。

やがて、なにもかもがとまり、しずかになった。

なにも聞《き》こえない。

＊

木《き》の枝《えだ》が、風《かぜ》にゆれる音《おと》が聞《き》こえる。

ジャックは目《め》を開《あ》けた。

ツリーハウスの床《ゆか》で、木《こ》の葉《は》の影《かげ》がおどっている。

ジャックもアニーも、スポーツウエアにもどっていた。

アニーが言《い》った。

「モーガンが、わたしたちに学《まな》んでほしかった、だいじなこと……」

「ほかの人《ひと》がなんと言《い》おうと、自分《じぶん》がベストをつくせばいい、ってこと？」

「かんたんそうだけど、勇気《ゆうき》がいるわ」

「うん。でも、ジャッキー・ロビンソンっていうお手本《てほん》がある。めげそうになったら、ぼくはロビンソン選手《せんしゅ》を思《おも》いだすよ」

ジャックは、『野球《やきゅう》の歴史《れきし》』の本《ほん》を床《ゆか》におくと、リュックを背負《せお》った。

「さあ、いそいで帰《かえ》ろう。ママに、市民球場《しみんきゅうじょう》まで送《おく》ってもらわなくちゃ」

ふたりは、なわばしごをおり、森《もり》の中《なか》を歩《ある》きはじめた。

歩《ある》きながら、アニーが言《い》った。

「お兄《にい》ちゃん。わたし、エベッツ球場《きゅうじょう》でバットボーイをして、気《き》づいたことがあるわ」

「なに？」

「野球《やきゅう》の試合《しあい》は、投《な》げて、打《う》って、走《はし》って、ひろうだけじゃないんだなあ、って」

「どういうこと？」

「まず、審判《しんぱん》の判定《はんてい》で、試合《しあい》のゆくえがすごく変《か》わるわ。だから、審判《しんぱん》は、とってもだいじな役目《やくめ》をしている」

「うん、そうだね」

「それから、観客《かんきゃく》も」

「観客《かんきゃく》も、試合《しあい》に関係《かんけい》するの？」

「そうよ。観客《かんきゃく》の声援《せいえん》がなかったら、選手《せんしゅ》たちだって、つまらないじゃない？」

「いじわるなヤジが、飛《と》んでも？」

「うーん……いじわるなヤジはないほうがいいけど、ヤジを聞《き》いて、そういう考《かんが》えの人《ひと》もいるんだってわかる。そうしたら、その意見《いけん》に反対《はんたい》の人《ひと》は、反対《はんたい》の声《こえ》をあげられるし、そうすれば、選手《せんしゅ》にも、応援《おうえん》してくれる人《ひと》がいるんだ、ってわかるわ」

「なるほど……」

「それに、バットボーイも」

「バットボーイ？」

「そうよ。球場《きゅうじょう》に着《つ》いた選手《せんしゅ》が、すぐにユニフォームに着《き》がえられるのは、だれのおかげ？　のどがかわいたとき、すぐに水《みず》が飲《の》めるのは？　バッターが一塁《いちるい》へ走《はし》ったあと、残《のこ》していったバットを、だれもかたづけなかったら、試合《しあい》は進《すす》まないわ。ファウルボールを、いちいち外野手《がいやしゅ》がひろいに行《い》っていたら、時間《じかん》もかかるし、外野手《がいやしゅ》もつかれちゃう」

「そうか」

「ね？　わたしたちが野球《やきゅう》の試合《しあい》をたのしめるのは、選手《せんしゅ》のほかにも、いろんな人《ひと》が、いろんな役目《やくめ》をはたしているからなのよ。わたしは、めげそうになったら、あのバットボーイのユニフォームを思《おも》いだすわ。バットボーイ、たのしかったから」

　ジャックも、思《おも》いだして言《い》った。

「そうだね……。よし、もし今年《ことし》、選手《せんしゅ》になれなかったら、ぼくは、バットボーイに登録《とうろく》するよ」

「選手《せんしゅ》になれなくても、チームの役《やく》に立《た》つ仕事《しごと》は、いろいろあるものね」

「練習中《れんしゅうちゅう》の球《たま》ひろいだっていい」

「試合《しあい》に行《い》って、応援《おうえん》するのも、だいじな役目《やくめ》よ」

「そのときは、パパのカメラをかりて、たくさん写真《しゃしん》をとってあげよう」

「動画《どうが》をとって、ビデオを作《つく》ってあげるっていうのは？」

「いい考《かんが》えだね。そうしながら、練習《れんしゅう》して、実力《じつりょく》をつければいいんだ」

ジャックは、顔《かお》をあげた。

「よし。そうと決《き》まったら、うちまで競走《きょうそう》だ。よーい……」

「ドン！」

ふたりは、家《いえ》にむかって、元気《げんき》よく走《はし》った。


（第44巻につづく）

お話《はなし》のふろく——背番号《せばんごう》42のヒーロー

大《だい》リーグと黒人選手《こくじんせんしゅ》

大《だい》リーグ（メジャーリーグ）は、北《きた》アメリカ大陸《たいりく》でもっとも歴史《れきし》あるプロスポーツリーグで、野球《やきゅう》リーグでは、世界一《せかいいち》レベルが高《たか》いとされています。

現在《げんざい》の大《だい》リーグは、ナショナル・リーグと、アメリカン・リーグという二《に》リーグからなり、それぞれ十五《じゅうご》チーム、合計三十《ごうけいさんじっ》チームが参加《さんか》しています。

もともと、大《だい》リーグの選手《せんしゅ》になるために、国籍《こくせき》や人種《じんしゅ》の制限《せいげん》はなく、二《に》リーグ制《せい》になるまえの一八八四年《ねん》に、一度《いちど》、黒人選手《こくじんせんしゅ》が採用《さいよう》されたこともあります。

しかし、その後《ご》、アメリカの野球界《やきゅうかい》では人種差別《じんしゅさべつ》の風潮《ふうちょう》が広《ひろ》がり、大《だい》リーグには、六十三年《ろくじゅうさんねん》ものあいだ、白人選手《はくじんせんしゅ》しかいませんでした。

ドジャースのオーナー、ブランチ・リッキーは、この状況《じょうきょう》を変《か》えようと決意《けつい》し、一九四七年《ねん》、黒人《こくじん》のジャッキー・ロビンソンを、大《だい》リーグのチームにむかえることにしたのです。

ジャッキー・ロビンソン（一九一九年《ねん》～一九七二年《ねん》）

こうして、ロビンソンは、大《だい》リーグが現在《げんざい》のような二《に》リーグ体制《たいせい》になって以来《いらい》、はじめての黒人大《こくじんだい》リーガーとなりました。

ロビンソンは、大《だい》リーグでデビューすると、すぐに頭角《とうかく》をあらわしました。

Photo：Everett Collection/ アフロ

一年目《いちねんめ》の一九四七年《ねん》には、チーム最多《さいた》の十二本《じゅうにほん》のホームランを打《う》ち、ナショナル・リーグ最多《さいた》の二十九《にじゅうきゅう》盗塁《とうるい》を決《き》めて、その年《とし》に新設《しんせつ》された大《だい》リーグの新人《しんじん》王《おう》にえらばれました。

そして、一九四九年《ねん》には、ナショナル・リ

ーグの最高殊勲選手《さいこうしゅくんせんしゅ》（MVP《エムブイピー》）にえらばれました。

ロビンソンは、一九五六年《ねん》に引退《いんたい》するまで、大《だい》リーグで十年間《じゅうねんかん》かつやくしました。そのあいだに、首位打者《しゅいだしゃ》（もっとも打率《だりつ》の高《たか》かった選手《せんしゅ》）に一度《いちど》、盗塁王《とうるいおう》に二度《にど》なり、オールスターゲームには六回出場《ろっかいしゅつじょう》しました。

ロビンソンのもうひとつの功績《こうせき》

一九四七年《ねん》、ロビンソンの大《だい》リーグ入団《にゅうだん》が現実的《げんじつてき》になると、ドジャースのチームメイトのなかに、「黒人《こくじん》といっしょには、試合《しあい》をしたくない」と言《い》うものがあらわれました。それをはねつけたのは、ドジャースのレオ・ドローチャー監督《かんとく》でした。監督《かんとく》は、「すべては実力《じつりょく》。いまはロビンソンひとりだが、すぐにふたり目《め》、三人目《さんにんめ》の黒人選手《こくじんせんしゅ》がやってくる」と言《い》って、選手《せんしゅ》たちの考《かんが》えを変《か》えさせました。

シーズンが開幕《かいまく》すると、ロビンソンは、相手《あいて》チームから「黒人《こくじん》が出《で》るなら、試合《しあい》をしない」と言《い》われたり、バッターボックスに立《た》つたびに、黒人《こくじん》を侮辱《ぶじょく》することばを嵐《あらし》のようにあびせられたりしました。

このようなひどい仕打《しう》ちにも、ロビンソンはじっとがまんし、堂々《どうどう》とプレーしつづけました。そんなロビンソンの姿《すがた》を見《み》て、ドジャースのチームメイトや観客《かんきゃく》は、しだいにロビンソンの味方《みかた》になっていったのです。

いまや大《だい》リーグには、世界《せかい》じゅうの国々《くにぐに》から、一流《いちりゅう》の選手《せんしゅ》が集《あつ》まるようになりました。日本《にっぽん》からも、これまでに、野茂英雄《のもひでお》やイチロー、ダルビッシュ有《ゆう》、田中将大《たなかまさひろ》など、五十名近《ごじゅうめいちか》い選手《せんしゅ》が海《うみ》をわたり、かつやくしています。

このように、さまざまな国《くに》や肌《はだ》の色《いろ》の選手《せんしゅ》たちが、大《だい》リーグでプレーできるようになったのも、ロビンソンが「人種《じんしゅ》の壁《かべ》」を打《う》ちやぶってくれたからだといえるでしょう。

永久欠番《えいきゅうけつばん》と、ジャッキー・ロビンソン・デー

このような功績《こうせき》から、一九七二年《ねん》には、ロビンソンの背番号《せばんごう》「42」が、ドジャースの永久欠番《えいきゅうけつばん》に、そして、大《だい》リーグデビューから五十年目《ごじゅうねんめ》にあたる一九九七年《ねん》には、大《だい》リーグでただひとつ、すべての球団《きゅうだん》での永久欠番《えいきゅうけつばん》となりました。

Photo：アフロ

さらにその後《ご》、ロビンソンが大《だい》リーグに初出場《はつしゅつじょう》した四月《がつ》十五日《にち》は、「ジャッキー・ロビンソン・デー」に制定《せいてい》されました。この日《ひ》は、選手《せんしゅ》もコーチも監督《かんとく》も、審判《しんぱん》までもが背番号《せばんごう》42をつけて、ロビンソンの功績《こうせき》をたたえます。

上《うえ》の写真《しゃしん》は、二〇一四年《ねん》四月《がつ》十五日《にち》に、背番号《せばんごう》42をつけてプレーするイチロー選《せん》手《しゅ》（当時《とうじ》ヤンキース）です。

ドジャースとエベッツ球場《きゅうじょう》

エベッツ球場《きゅうじょう》（エベッツ・フィールド）は、一九一三年《ねん》、ブルックリン・ドジャースのホームグラウンドとして、建設《けんせつ》されました。しかし、ドジャースの人気《にんき》が高《たか》まり、試合《しあい》を見《み》に来《く》るファンがふえると、エベッツ球場《きゅうじょう》では収容《しゅうよう》しきれなくなりました。

一九五八年《ねん》、ドジャースは、おおくのファンに惜《お》しまれながら、ロサンゼルスに移《い》転《てん》し、〈ロサンゼルス・ドジャース〉となりました。その後《ご》、球場《きゅうじょう》はとりこわされ、跡《あと》地《ち》には、ジャッキー・ロビンソン・アパートメンツというマンションが建《た》っています。

バットボーイ

バットボーイの仕事《しごと》の内容《ないよう》や、バットボーイになれる年齢《ねんれい》は、採用《さいよう》するチームによってさまざまです。現在《げんざい》は、女子《じょし》を採用《さいよう》するチームもあり、バットボーイの仕事《しごと》をする女子《じょし》のことを「バットガール」と呼《よ》びます。また、日本《にっぽん》のおおくのチームでは、バットボーイの仕事《しごと》をする人《ひと》を、「ボールボーイ」や「ボールガール」と呼《よ》んでいます。

このお話《はなし》について

このお話《はなし》に出《で》てくる、ジャッキー・ロビンソンのエピソードや、試合《しあい》のようすは、すべて事実《じじつ》にもとづいて書《か》かれています。また、九月《がつ》十七日《にち》の対《たい》パイレーツ戦《せん》のエピソードは、日本語版《にほんごばん》のために、特別《とくべつ》に書《か》きくわえられたものです。

来日中の著者

著者：メアリー・ポープ・オズボーン

ノースカロライナ大学で演劇と比較宗教学を学んだ後、世界各地を旅し、児童雑誌の編集者などを経て児童文学作家となる。以来、神話や伝承物語を中心に100作以上を発表し、数々の賞に輝いた。また、アメリカ作家協会の委員長を2期にわたって務めている。コネティカット州在住。

マジック・ツリーハウス・シリーズは、1992年の初版以来、2017年までに57話のストーリーが発表され、現在、アメリカのほか、カナダ、イギリス、フランス、スペイン、中国、韓国など世界37か国で、1億3500万部以上出版されている。

2016年にハリウッドでの実写映画化が発表され、製作総指揮として参加することが決まっている。

訳者：食野雅子（めしのまさこ）

国際基督教大学卒業後、サイマル出版会を経て翻訳家に。4女の母。小説、写真集などのほかに、ターシャ・テューダー・シリーズ「暖炉の火のそばで」「輝きの季節」「コーギビルの村まつり」「思うとおりに歩めばいいのよ」や「ガフールの勇者たち」シリーズ（以上KADOKAWAメディアファクトリー）など訳書多数。

マジック・ツリーハウス43

背《せ》番《ばん》号《ごう》42のヒーロー

2017年11月16日　初版　第１刷発行
2024年８月５日　　　　第５刷発行

著者／メアリー・ポープ・オズボーン
訳者／食野 雅子
発行者／山下 直久

発行／株式会社KADOKAWA
〒102-8177　東京都千代田区富士見2-13-3
電話：0570-002-301（ナビダイヤル）

印刷・製本／株式会社 広済堂ネクスト

●お問い合わせ
https://www.kadokawa.co.jp/（「お問い合わせ」へお進みください）
※ 内容によっては、お答えできない場合があります。
※ サポートは日本国内のみとさせていただきます。
※Japanese text only

定価はカバーに表示してあります。

ISBN978-4-04-106320-0　C8097　N.D.C.933　160p　18.8cm

イラスト／甘子 彩菜
装丁／郷坪 浩子
ＤＴＰデザイン／出川 雄一
協力／松尾 葉月
編集／豊田 たみ